# Wagner Passetto

*Autor de Híbridos*

# Conexão com o Passado

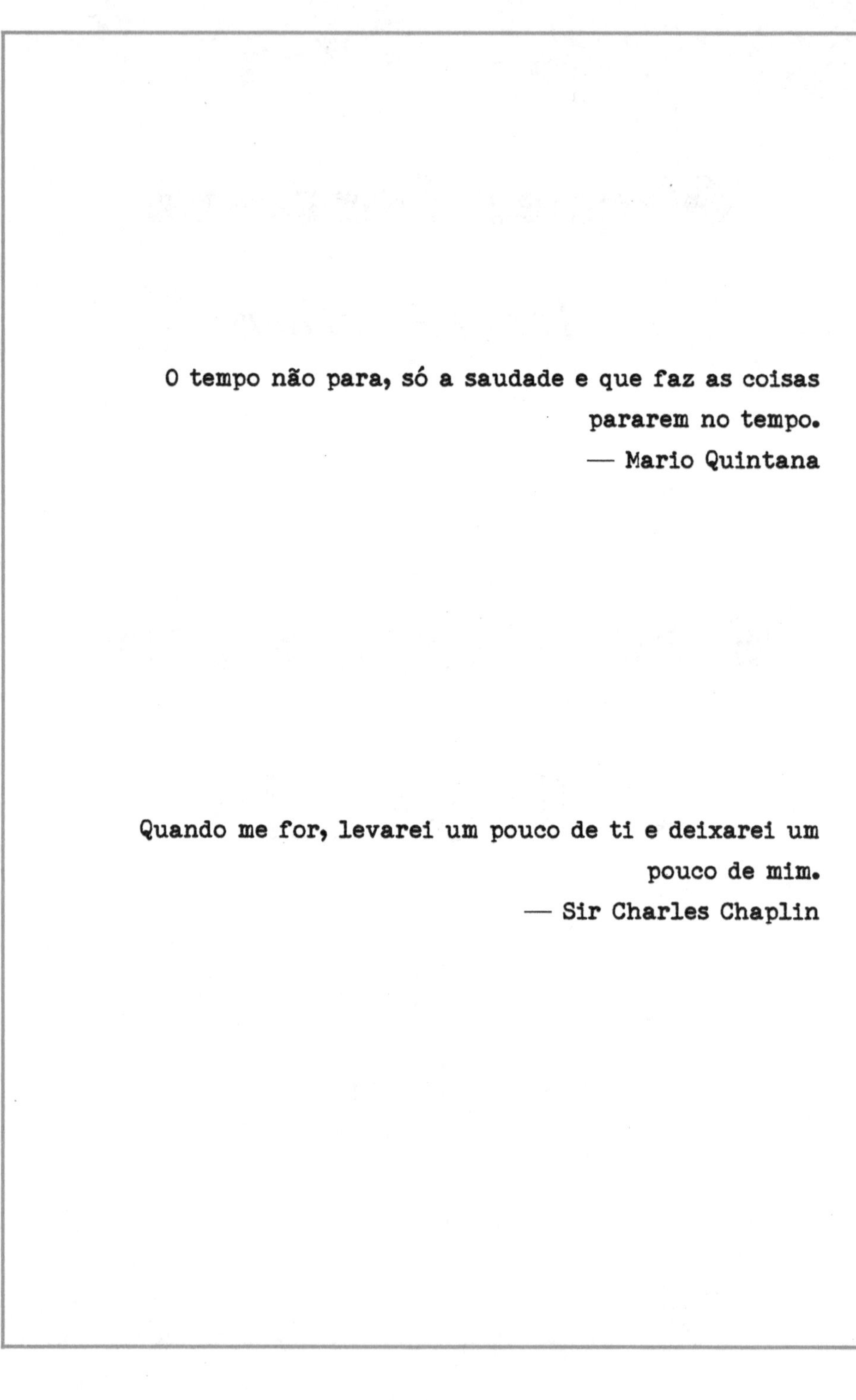

O tempo não para, só a saudade e que faz as coisas
pararem no tempo.
— Mario Quintana

Quando me for, levarei um pouco de ti e deixarei um
pouco de mim.
— Sir Charles Chaplin

aos meus heróis de contos policiais


E minha irmã Marisa, que deu valiosos conselhos.

24-226901 CDD-B869.93
**Dados Internacionais de Catalogação na Publicação (CIP)**
**(Câmara Brasileira do Livro, SP, Brasil)**
Passetto, Wagner
Conexão com o passado / Wagner Passetto. --
1. ed. -- São Paulo: Ed. do Autor, 2024.
ISBN 978-65-01-15032-1
1. Ficção policial e de mistério (Literatura brasileira) I. Título.
**Índices para catálogo sistemático:**
1. Ficção policial e de mistério : Literatura brasileira B869.93
     Aline Graziele Benitez - Bibliotecária -
CRB-1/3129

ISBN nº: 978-65-01-15032-1

# Capítulo 1

Em um domingo qualquer do ano de 2010, uma tarde excepcionalmente quente para o clima londrino. Um senhor já com seus noventa anos aguarda sozinho em sua casa nos arredores de Londres, notícias de sua filha que virá para visitá-lo. Todos esses anos não foram fáceis de carregar, ainda mais com esse maldito andador que mais parece atrapalhar do que ajudar. Levanta-se com dificuldade e arrastando os pés, consegue chegar a beirada da lareira, onde tem um grande espelho com uma moldura vitoriana, que ele se pergunta quem, em nome de Deus, teria comprado aquela obscenidade. Espalhafatoso demais, grande demais. Olha para o espelho e se assusta com o que vê, um rosto extremamente enrugado mas que ainda traz os traços do homem que já fora um dia. Passa a mão pelo rosto e não sente mais as *suissas* que lhe davam um ar de autoridade, até mesmo o dente de ouro que era sua marca registrada, foi trocado por um de porcelana. Ambos ideia de sua filha tirar, por que achavam "meio ridículos".

Fazendo caras e bocas para o espelho, ele vê uma foto velha com o timbre do Serviço Secreto Britânico, com uma inscrição no verso: MELODY, Janet – 12jun1925, em preto e branco de uma jovem mulher muito bonita com um semblante preocupado.

O velho soldado resmunga com sua voz trêmula.

*Ela sempre foi assim, sempre olhando para todos os lados.*

Ao lado desta foto, outras tantas de amigos que já partiram e uma carteira com uma identificação da polícia com um distintivo da Scotland Yard. Em sua identificação, ainda que esmaecida, pode-se ver o nome CASSIVELANUS, Cassidy O'Brian. Cargo de *Inspetor da Polícia Metropolitana*, com uma fotografia de um jovem adulto mal-encarado. Hoje em dia a apelidaram de *Met* e nem fica no mesmo lugar,

Ele dá uma risadinha de seu próprio comportamento.

*Esse era eu, sempre de mau com o mundo.*

Segura a foto dela em suas trêmulas mãos e segue seu sofrido caminho de volta à sua poltrona. Apruma seu desajeitado corpo na carcomida poltrona e deixa que a gravidade faça seu trabalho, fazendo com que ela recue alguns centímetros, soltando um fraco gemido.

Ele volta seus olhos para a foto com ternura, pensando como estaria hoje, não teve mais notícias desde, faz uma pausa e afasta os pensamentos que já tomaram noites de sua vida. Passa os dedos idosos como se ajeitasse seu cabelo. Ele se lembra do seu cabelo, liso e negro como as noites de Londres. Olha todos os detalhes, os olhos amendoados, a boca fina mas convidativa para um beijo roubado. Uma moça pequena, mas com uma disposição e uma vontade de viver, de ser livre como não vira antes, até o fim. Ele deixa rolar uma lágrima e esboça um sorriso no canto dos lábios. Vira seu rosto para cima, desviando seu olhar e deixando escapar um suspiro de saudade daquela "pequena joia" como costumava dizer para si mesmo.

Ele deposita a foto na mesinha de chá, ele pega um envelope já aberto e tira seu conteúdo. E uma solicitação para uma menção honrosa na residência da oficial da *Rainha Elizabeth*. Uma menção oficial, como tantas outras que já fora, a agora será laureado com "A Mais Excelente Ordem do Império Britânico", com o posto de Comandante.

*A mesma que meu velho amigo Dr. Oliver tinha na época".*

Esboça um sorrisinho.

*O doutor fazia troça com isso, dizia que nunca fez nada para merecer, representava um casamento fracassado e a uma vida perdida.*

Pega seu relógio de bolso com um pingente de São Cristóvão e pressionando um botão, abre a tampa protetora do vidro, marcando 2:45 da tarde. Pega novamente o convite e o lê novamente onde está escrito o horário, 8:00 da noite.

*Preciso de um smoking.*

O velho O''Brian recosta em sua poltrona de um couro verde britânico, já um pouco carcomido e de encosto alto, relaxa. Pensa também em Janet, como ela ficaria feliz por ele chegar a receber tal honraria.

Seus pensamentos o levam até aqueles dias em que estava na ronda nas ruas. Lembra também como era divertido e ao mesmo tempo perigoso trabalhar, até mesmo andar pelas ruas de Londres tanto de dia quanto a noite.

A guerra já havia terminado mas ainda havia ecos dela nas ruas. Tinha um sentimento de antissemitismo muito forte contra os germânicos, mas sendo ele um irlandês sem muito tato e paciência, requisitos básicos naqueles dias, as ordens eram de acabar com qualquer discussão mais acalorada e reuniões clandestinas de qualquer um dos lados e usar os meios disponíveis.

Manter a Lei e a Ordem, essa era nossa função. Não era de se espantar que houvesse confrontos diários. Prisões eram efetuadas, as vezes, mais de uma por dia. Alguns colegas e pessoas saiam feridas e um ou outro colega tombava nesses confrontos.

Faz uma pausa em suas reminiscências e se ajeita ainda mais em sua poltrona e logo adormece. O sono vem rápido e sonha com a primeira vez que encontrou Janet. Era dezembro de 1920 e ele estava se preparando para sua ronda, quando um mensageiro lhe diz que é esperado na central na sala do Capitão. Espantado ser chamada repentinamente, prepara seu espírito e se despede dos seus camaradas de ronda. A passos largos, O'Brian se dirige até a sala do **Capitão George Walker**, um homem na faixa do quarenta anos, forte, de ombros largos e com quase 2 metros de altura, talvez fizesse parte de algum time de rúgbi na faculdade antes de entrar para a polícia.

Ele bate no batente da porta está aberta, e ouve o comando para entrar. Se apresenta formalmente, como se não fosse nada de mais e aguarda pelo pior. Os minutos se passam em um silêncio sepulcral, só quebrado pelo ocasional toque dos telefones distantes. O que lhe chama a atenção e que há um filhote de buldogue inglês com um sinal escuro em volta dos olhos parecendo um monóculo. O silêncio e quebrado repentinamente pela voz alta e grave do Capitão, muda o tom de voz para algo mais solene e olhando para as duas folhas dispostas em cima de sua mesa, lada a lado.

*Sargento O'Brian, recebi hoje cedo duas mensagens do chefe de polícia, Sir Phillip.*

O'Brian sente um arrepio em sua espinha e dispara,

mesmo sabendo que sua carreira na Scotland Yard pode não passar desse dia.

O Capitão aponta para uma das folhas demonstrando seu descontentamento.

*Esta é uma reclamação de uso excessivo da força. Ora vejam. Que novidade.*

Aponta para a outra, batendo com o dedo com força, faz uma pausa com ar de incredulidade, maneando a cabeça

*E esta aqui é uma mensagem do próprio Sir Phillip, promovendo-o para Tenente detetive da Polícia. Meus parabéns.*

Mesmo que não concorde, sabe que esta completamente fora de sua alçada, basta a ele acatar a ordem.

*Apresente-se ao Sargento do plantão para assinar a papelada. Dispensado.*

O'Brian em posição de sentido, agradece e sai da sala do Capitão ainda abalado com as notícias.

Resmunga para um colega que passava.

*Pelo menos não fui demitido.*

O Capitão olha para o filhote, como se fosse seu confessor.

*Sinto que o sujeito vai me dar muito trabalho.*

Inacreditavelmente o filhote esboça um gemido como se respondendo afirmativamente.

Após se apresentar e formalizar sua promoção, se dirige ao vestiário para trocar o uniforme por uma roupa civil. Sob olhares de seus companheiros de farda, que o observam a distância, alguns com pesar no semblante, O'Brian conclui o ritual e fecha ruidosamente seu armário e se espanta em vê-los estáticos e em silêncio. Ele chega perto dos colegas e com um sorrisinho no canto dos lábios mostrando seu dente de ouro, ele saca sua carteira e mostra seu distintivo e orgulhoso.

*Conheçam o mais novo detetive de Londres e que Deus ajude a todos.*

Após um silêncio sepulcral com semblante incrédulo, todos dão uma imensa gargalhada e parabenizam-no, uns apertando sua mão, outros com tapinhas em seu ombro. A comemoração é interrompida bruscamente pelo surgimento da figura sinistra do Capitão Walker. Com uma voz grave e em tom autoritário ele faz sua voz ecoar no recinto.

*Se já terminaram de festejar, poderiam por gentileza voltar ao serviço?*

Os ânimos se esfriam, mas não antes de os últimos desejarem felicitações e cumprimentos até que todos vão embora.

O Capitão espera que o local se esvazie aproximando-se do detetive o suficiente para falar em seu ouvido.

*Temos uma missão para você. E aquela encenação mais cedo, era para os outros detetives, questão de cadeia de comando, você me entende.*

Enfiando as mãos nos bolsos das calças, ele anda em volta de O'Brian e retoma seu discurso

*O Serviço Secreto está com grande problema nas mãos. Tenho uma teoria, ou eles não sabem resolver, ou não querem resolver.*

O Capitão olha para aquele que a princípio seria um estorvo. Agora parece que, escondido dentro daquele carvão bruto, havia um diamante.

*Preciso saber o que tanto eles querem esconder houve várias ocorrências de ataques, segundo relatórios, de uma figura indefinida, age como se quisesse vingança. Alguns ataques são rápidos e precisos, outros complexos, mas todos envolvendo gangues que*

*extorquiam comerciantes, principalmente em áreas mais pobres. E logo após os ataques esses crápulas sumiam de vista. Para sempre.*

O detetive ouve atentamente e interrompe o discurso

*Estou sentindo que tem mais do que uma pessoa fazendo o trabalho que a polícia e o Bureau não podem fazer, estou certo Capitão?*

O Capitão Walker observa intrigado o novo detetive, que antes aparentava ser a pior escolha, se mostra uma escolha acertada.

*Sim, tem mais. Houve um caso isolado, talvez uma fatalidade. Foi encontrado um corpo numa das margens do Tamisa, sem identificação. E mais, vá ao Memorial Hospital e procure pelo* **Doutor Oliver Wright**, *dizem que ele é anatomista ou coisa parecida, pode ser que seja útil.*

O'Brian deixa que o Capitão saia primeiro e fica imaginando que tipo de pessoa arriscaria a vida com tipos perigosos como esses. Então ele se põe a caminho. Saindo na sala dos detetives, ele cruza para a saída da rua, dirigindo-se para o *Underground*. Em uma curta viagem ele desce na estação e se depara com o hospital.

Entra no saguão e vai direto até o balcão de informações onde uma bela recepcionista pergunta o que deseja.

*Detetive O'Brian. Posso falar com o Doutor Oliver Wright, por favor.*

Pergunta sem entonação na voz, mostra seu distintivo com um sorrisinho deixando a mostra o dente de ouro.

A recepcionista devolve o sorriso de uns dentes alvos emoldurados em lábios carnudos de cor carmim. Pedindo para ele aguardar, ela se levanta baixando os olhos por um instante, mantendo o sorriso, e quando ela levanta os olhos, pisca maliciosamente e sai em busca do médico.

O'Brian acompanha a recepcionista atentamente, olhando ela enfiada num vestido marcando sua cintura e acima dos joelhos com um par de pernas bem torneadas, mexendo os quadris deliberadamente. Ela adentra por uma porta no fim do corredor, e poucos minutos depois ela volta acompanhada do médico um pouco mais de cinquenta anos e com uma expressão furiosa.

*Doutor Wright, eu suponho?*

*E o senhor quem é mesmo?*

Pergunta o irritado médico, incomodado pela interrupção.

O'Brian observa que o médico está de jaleco mas não tem marcas de sangue nem seu apetrechos usuais, então deveria estar em aula. Saca o distintivo, quase esfregando na cara do pobre médico.

*Cassidy O'Brian Cassivelanus, Detetive da Scotland Yard. Preciso de sua ajuda para identificar um corpo. Devo alertá-lo que a situação exige presteza e discrição. Se puder me acompanhar, sua ajuda será de grande valia.*

O médico muda seu semblante quando percebe que o pedido é de natureza oficial e pede um minuto e logo sai. A secretaria espera que o doutor saia do seu campo de visão e se certifica que não estão os observando e aproximando-se discretamente, ela entrega um bilhete dobrado, acompanhado daquele sorriso, que agora está carregado de malícia. Sussurra com sua voz angelical em seu ouvido.

*O meu endereço está no papel. Eu saio do serviço às oito.*

Quando o médico abre a porta e com passos apertados está sem seu jaleco e portando uma maleta de couro preto típica dos médicos. A secretaria recompõe-se mas não consegue disfarçar o sorriso.

*Já conheceu Mary? Moça esplêndida e muito eficiente.*

# Capítulo 2

Chegando, o táxi para abruptamente. Os dois ocupantes saltam rapidamente e adentram ao pub como um raio. Walker aponta para uma mesa ao fundo e os dois se instalam, não antes de pararem no balcão e pedirem duas *Guinness* grandes e um tira-gosto. Cassidy percebe uma figura do outro lado da rua que os observa, provavelmente desde que chegaram ou até antes. Prefere aguardar mais um pouco e resmunga para si mesmo.

*Este movimento é seu.*

Os dois policiais que nesse momento são apenas camaradas pegam seus dois copos como se fossem troféus e erguem um brinde e dão um gole generoso, deixando uma marca da grossa espuma em tomo se seus lábios. Cada qual se olha e caem em uma gargalhada que preenche aquele ambiente já ruidoso, e caminham para a mesa aguardando o próximo convidado.

Quando o médico chega eles já terminaram o copo.

O doutor estanca junto a eles e demonstra um ar de decepção.

*Vocês já terminaram e nem me esperaram?*

Walker e Cassidy se levantam e colocando suas mãos no ombro dele e o sentam junto a eles. Walker aproveita e chama o garçom.

*Que nada, doutor. Nem começamos, só estávamos nos aquecendo.*

*George! Traz três Guinness e mais tira-gosto que o nosso convidado de honra chegou.*

*Saudemos o bom doutor! Hip, hip, hoorah!*

Batem os copos com tanta felicidade que derramam um pouco da cerveja na mesa.

George aparece com um pano para limpar a sujeira, e se chega perto do grupo.

*Vocês não vão causar encrenca, certo?*

Walker a Cassidy se entreolham e sacam das suas funcionais e batem com elas abertas na mesa. O garçom fica aliviado.

Walker volta sua atenção para Cassidy e confabula.

*Sei que você conhece todas as ruas e becos de Londres e é um bom homem, nisto eu tenho certeza, que, com certeza, não se corrompe. E como um cão perdigueiro, faro apurado e tenacidade inabalável.*

A expressão de O'Brian e de pura desconfiança por todos aqueles elogios.

*Mas o que eu fiz para merecer todos esses gracejos?*

O doutor se engasga com a cerveja e grasna, com a inocência do detetive, se desculpando com um aceno.

*Resumindo, posso contar com você? Quero dizer, incondicionalmente?*

Cassidy olha intrigado para o capitão e o doutor, como se estivesse em uma mesa de cartas marcadas e ele seria o pato.

Ainda com aquele sentimento estranho, fita Walker nos olhos.

*Conte comigo, Capitão.*

Walker relaxa seu corpo na cadeira, aceitando a resposta de Cassidy com um sorriso malicioso para o médico. Ambos erguem seus copos e brindam para Cassidy que faz o mesmo.

O garçom coloca os porta-copos na mesa, ele aponta enfaticamente para o de O''Brian, deixando a mostra algo como um bilhete de baixo do porta-copos servindo todos e se retira.

*Estes são minha conta, cavalheiros.*

O'Brian pega o copo com tanta sofreguidão que derruba o aparador, pegando em seguida.

*Já esta ébrio, Cassidy?*

Cassidy se levanta e em meio a tropeços, derruba uma cadeira se desculpando.

*Acho que é melhor eu ir ao banheiro.*

George, com outra porção de tira-gosto. Se aproxima do Capitão e relata resumidamente a situação.

No toalete Cassidy abre o pequeno bilhete.

"Estão sendo observados a mais de meia hora. Beco.

Outro lado da rua. Atrás de um engradado grande".

Ele volta para a mesa e toma em só gole o restante de sua cerveja.

*Muito obrigado pela excelente conversa e a cerveja. Poderíamos fazer mais vezes, mas já vou indo.*

O barman vê uma agitação na rua e chama atenção de Walker e de Oliver, que levantam de suas cadeiras tao rápido que as derrubam. Rumam a porta do bar e presenciam uma cena impressionante. Cassidy correndo, saltando, derrubando coisas e pessoas na calcada no encalco da figura misteriosa, que se depara com o detetive indo em sua direção, dispara para escapar de seu perseguidor. A figura de negro destoa na paisagem com sua roupa de uma única peça escura dos pés a cabeça. Parece um fantasma, mas nada daquilo que o senso comum acredita, fazendo que tente escapar pelos becos. Sempre com Cassidy em seu encalço sentindo os músculos distenderem mesmo assim ele está muito próximo de agarrá-lo e interrogá-lo. E quem sabe fazê-lo sofrer um pouco. Ele vê a figura esguia alçar uma tubulação presa a parede e escalando como um símio, ganha o telhado com relativa facilidade deixando Cassidy arfando e se sentindo frustrado. Mas lhe ocorre uma ideia que pode dar certo. Ele segue por duas quadras quase que prevendo o caminho que o fantasma faria. Ele entra por um saguão de um prédio, subindo as escadas, forçando seus pulmões ao limite, ele alcança o telhado, atravessa violentamente, derrubando a porta do acesso ao telhado a tempo de interceptar o tal fantasma. Dá-lhe um encontrão, jogando todo seu peso contra aquela pequena forma física.

*Me solta seu neandertal. Não fiz nada.*

Aquela voz causa espanto em Cassidy. Seus ouvidos devem pregando uma peça. A voz que ouvira era nitidamente feminina mas a máscara a abafa para ser reconhecida. Era uma voz carregada de ódio e raivosa.

Ele fica perplexo por um instante e a pequena figura o atinge com um soco potente no abdome que ele tomba para o lado, deixando o caminho livre para o fantasma que desaparecer da vista do detetive.

Alguns minutos depois Cassidy se recompõe e pondo-se de pé, olhando consternado para o nada, nota que o Capitão com uma arma em punho e o doutor logo atrás dele em estado lamentável, apoiando-se nos joelhos e respirando com dificuldade.

Reclama com um ar de decepção. Para seu superior.

*Perdi mais este round. Já está ficando monótono.*

Cassidy ainda tem ânimo para fazer escarnio com o pobre médico

*E acho que o senhor deveria chamar um médico para nosso colega.*

*Eu estou ótimo, só preciso de um tempinho.*

Nem termina a frase, se apoia na parede e desmaia pelo excessivo esforço.

Cassidy reconhece que fora superado por um adversário excepcional e que estudou seus movimentos, que o conhece tão bem quanto ele mesmo

# Capítulo 3

Após os eventos de sua corrida pelas ruas de Londres, culminando em uma cena vexatória, o médico desperta em seu apartamento. Ainda sonolento e sentindo o corpo cobrando seu preço pelo exagero. Não se sentia tao mal fisicamente desde os tempos do *front*.

Sua visão ainda esta nublada, mas ainda pode ouvir nitidamente uma voz feminina doce como a de um anjo. Nada parece com a de sua enfermeira Mary, apesar de ter também um tom agradável. Sua memoria auditiva vai voltando a velha forma e a imagem que se forma em sua mente e a de sua esposa no bons tempos. Ele balbucia seu nome algumas vezes desesperadamente até que sua visão volta a ficar nítida. Ele tem um sobressalto como quem vê uma fantasma do passado.

O rosto que se forma a sua frente e de sua filha Catherine, que não via a mais de dez anos. Desde o seu divorcio que culminou com a perda da guarda dela, deixando-o com pesar encrustado no coração, levando o bom doutor a uma falência pessoal e financeira, quase o levando ao suicídio.

*O que em nome de Deus você está fazendo por aqui, Cathie?*

Sentindo que seu corpo não obedece de maneira satisfatória e amparado por Catherine, olhando para o velho médico por um longo tempo esboçando um sorriso infantil como ele se lembrava, e um misto de malícia que já chegou a fase adulta. Entre uma lágrima que escorre pela sua face, ela o abraça fraternalmente entremeados com soluços e risos entrecortados de felicidade.

Seu pai pego de surpresa, há tempos não recebia tanto carinho que se junta ao coro de lágrimas e risos como quem recebe um grande prêmio.

Eles voltam a se olhar cada qual esperando que tudo aquilo não seja um sonho, enxugam do os olhos marejados.

*Tenho uma boa notícia para o senhor, papai* – diz com a voz ainda embargada e faz uma pausa. - *Vim para ficar com o senhor em definitivo.*

Desta vez ele fica em choque ante essa notícia inesperada. Todas as emoções explodem de uma vez. O pobre doutor sente uma pequena vertigem. Então ele se volta para ela.

*E sua mãe, querida, o que acha disso?*

*Ela disse que seria bom para que eu tivesse uma vida própria. Na verdade acho que ela sentiu um alívio. Parecia que se livrou de um fardo. O que na verdade acho que foi o inverso. Eu não aguentava mais aquelas longas caminhadas pelo parque, visitas enfadonhas todo santo dia para o chá da tarde na casa de alguma solteirona, compartilhando seus trabalhos manuais. E as casadas? Orgulhosas de seus maridos perfeitos e filhos idem. Incitando-me e empurrando para moços que estavam mais propensos a diversão do que compromisso.*

*E todas aquelas regras de etiqueta de tarefas domésticas exageradas. - discursa como em um monologo*

*Pelo amor de Deus. Estamos em pleno século XX. Não há mais espaço todo aquele ritual e formalidades exacerbados. E as músicas? Maçante é o mínimo que se pode dizer. Wagner,*

*Tchaikovsky, Schubert e outros "clássicos". Há tanto que se, ouvir. Há uma nova cultura nascendo, rica em estilos e em liberdade de expressão em todas as suas formas. Se* espantam *quando profiro alguma opinião sobre qualquer assunto de relevância.*

Altera sua voz imitando uma senhora horrorizada.

*Oh! Por Deus, não, minha menina. Moça casta não pode se ater a esses assuntos. Que vergonha. E todas me encaram como se tivesse cometido um crime, me julgando. Foi por isso que eu vim para cá. Acho que o senhor pode me entender já que é um homem mais prático.*

O médico esteve ouvindo o tempo todo com os olhos estalados na cara, parecendo que fora hipnotizado.

Repentinamente ele volta do seu "transe", retira seus óculos para limpar as lentes e o recoloca, faz isso apenas para ganhar um pouco de tempo para processar aquela enxurrada de informações.

*O que você vai fazer de sua vida. Tem algum trabalho ou lugar para se estabelecer. Tem algum dinheiro?*

Ele a questiona, olhando fixamente mas de um jeito amoroso, sem pressionar a jovem.

*Ora papai, vou ficar com o senhor. Posso me ajeitar facilmente não tenho muita coisa, só uma mala com o essencial. E quanto a arranjar um emprego, posso ser sua secretaria, posso revisar seus relatórios, que pelo que eu vi, sem desmerecer seu trabalho, que por sinal é invejável, sua caligrafia não vai no mesmo sentido. É de se espantar que alguma colega seu consiga decifrar estes "hieróglifos". Acho que eles levam a algum colega especialista em línguas antigas.*

*E em meu primeiro ato, vamos nos livrar destes ternos antiquados. Até que para se dar uma simples aula, precisamos estar apresentáveis, mesmo porque o senhor não esta somente na presença de alunos. O que dizem seus colegas?*

O doutor que esta pasmo. A moca mais parece um comandante do que uma garotinha que o faz lembrar dos seu tempo no exercito de Sua Majestade. Sempre em formação para a inspeção matinal. Ela se parece um pouco com aqueles oficiais exigentes, sempre dispostos a fazê-lo cumprir flexões com o equipamento completo ou dar algumas voltas em volta do campo de treinamento até que cheguem a exausta-o. Mas isto são águas passadas, a menina só quer seu bem e nada mais justo que acatar, fica até feliz com essa mudança.

Em meio as suas reminiscencias, a garota o traz para a realidade num sobressalto, gritando.

PAPAI! O senhor não está escutando uma única palavra do que eu disse até agora. Francamente!

Seu semblante é de desaprovação por ser ignorada a enfurecendo, mas seu rosto não perde a delicadeza.

Automaticamente ele assume a postura rígida do militar até mostrando continência, arrancando da moça uma risada. Ambos sentem-se constrangidos, enrubescendo. Relaxam um pouco e ele seguras suas mãos e sentam-se no sofá voltando a ser pai e filha, conversando sobre diversos assuntos mais afavelmente por horas.

*Pode me levar para jantar? Assim posso conhecer a cidade em sua companhia, que acha?*

*Esplêndido! Devo alertá-la que sou um péssimo guia turístico, e Londres, minha cara, não ajuda muito. Muito menos à noite.*

A moça está extasiada. Há tempos não sentia tanta liberdade e alegria e o velho médico parece que esta alguns anos mais moço. Extremante falante e despendido, longe daquela casca de profissional e educador.

Na manha seguinte como é de seu costume, levanta-se com as energias renovadas, pula da cama e rapidamente se veste para o trabalho, vai direto para a cozinha preparar seus desjejum matinal. Em cima da mesa nota um bilhete com uma letra feminina reconhecível ao lado de sua xícara.

*"Bom dia, papai. Sai um pouco para aproveitar o ar fresco da manha. Vou até o parque para uma última volta. Devo isso a ela. Beijos, C."*

O Doutor Oliver sente encher-se de orgulho de sua menininha, que já pode estar por sua conta, e que deixou o passado onde ele deve estar, ao contrário dele.

Assente consigo que ela pode ficar. Vai ser uma boa coisa quebrar a velha rotina.

Olha para seu relógio e se apressadamente ruma para o hospital. Nem bem adentra ao saguão, é recepcionado pela enfermeira Mary. O acompanha todo o trajeto apontando seus compromissos. Ao término de seu relatório que o entrega.

*Obrigado, Mary. Por enquanto é tudo. A propósito, você viu*

o

*Detetive O´Brian hoje?*

*Doutor, que pergunta indiscreta. Não, não o vi hoje. Nós nos vimos ontem e foi espetacular. E se me permite, doutor. O senhor está mais jovial hoje. Também conheceu alguém?*

*Imagina, não. Minha filha veio montar acampamento. Acredito que veio para ficar.*

*Ora, viva! Se me permitir, gostaria de conhecê-la.*

*Acredito que vocês vão se ver bastante. Ela vai tentar uma vaga aqui no hospital. Espero de coração que consiga o que quer. E em relação de me encontrar com alguém, acho que não tem ninguém mais que queira aturar este velho rabugento.*

*Ora, não diga isto. De todos de sua equipe o senhor é um dos mais novos. Se me pedissem para escolher alguém entre um secundarista ou alguém mais velho, eu ficaria com a segunda opção. Tenho uma predileção para homens mais maduros.*

A expressão do doutor é de puro espanto e incredulidade de ouvir esta confissão de uma moça tão jovem e formosa. Sente um pouco envaidecido, não pode negar.

A jovem parte não sem antes de piscar atrevidamente

para ele.

Talvez o tempo que esteve casado com uma pessoa com uma negatividade tão grande, o fez acreditar que não tinha nada de bom para oferecer, mas parece agora as coisas estão entrando nos eixos.

O detetive Cassidy chaga a tempo de ouvir o fim da conversa.

Ele emite risinho, quase como um grasnado, tapando sua boca. Disfarçando, ela retoma suas tarefas sendo observada com espanto pelo médico e pelo detetive, que este entende o motivo do risinho nervoso. Os dois se põem a caminho.

*Como chegou até o hospital, detetive?*

Responde ao médico com certo ar de espanto pela pergunta.

*Peguei o metrô. O transporte público em Londres está quase lotado, os táxis, para um percurso relativamente curto, não justifica o gasto, então a solução óbvia é o metrô. Rápido, seguro e pouco custo. O senhor não aprova esse meio de transporte Doutor?*

*Mas o senhor nunca pensou em comprar um automóvel?*

*Posso indicar alguns amigos que gostariam de mostrar uns modelos bem em conta. Qualquer coisa é melhor do que andar a pé de transporte publico, ainda mais o detetive, um agente da lei, não tem cabimento. E se precisar conduzir um suspeito ou ir a uma diligência fora dos limites de Londres, já pensou nisso?*

Cassidy nunca se imaginara em um veículo correndo feito doido por Londres ou onde quer que seja. Quase toda sua vida esteve nas ruas, conhece todas elas, quando entrou para a polícia, sempre fez as rondas a pé. Ocasionalmente utilizou algumas viaturas puxadas por cavalos para conduzir baderneiros até a delegacia. Nunca tinha pensado dessa maneira. Vai pensar na proposta do médico.

O doutor exclama com imensa satisfação, encerrando a conversa.

*Ah! Chegamos, enfim!*

Logo adentram na chefatura e rapidamente O'Brian e o Doutor Wright dirigem-se para a sala do Capitão Walker. Feitas as apresentações iniciais Capitão atualiza o médico com os dados mais recentes. O'Brian aproveita para ficar a par dos novos acontecimentos. Chocado e ao mesmo tempo ansioso para começar os trabalhos, os olhos do doutor brilham como os de uma criança. Dirigem-se até ao subsolo que mais parece uma catacumba, percebe-se que não é utilizada há tempos. O corpo está guardado em um frigorífico improvisado e está em péssimo estado. No centro do salão há uma grande mesa de concreto com azulejos brancos.

O Capitão num tom formal dirige-se ao médico com um ar apreensivo.

*O que o senhor precisar é só pedir. Só peço discrição e rapidez.*

O médico virando-se para o detetive com um leve ar de superioridade, ele o alerta.

*Se o senhor não tiver problemas com cadáveres e com seus procedimentos, pode me ajudar. Senão, peço que vá ao hospital e peça para Richards e Summers virem até aqui, são dois dos meus melhores alunos.*

O'Brian agradece e sai da sala tão rápido que o médico fica espantado.

Após terminar os procedimentos e guardar os restos mortais, o médico dispensa seus auxiliares e entrega o relatório para o Capitão. Na saída se encontra com um abalado detetive.

*Precisa se recompor, homem. Vamos forrar nossos estômagos. Quero que você esteja firme quando nos encontrarmos novamente. Sei bem o mal que faz a falta de alimento, pode acreditar.*

Os dois passam por um carrinho que por indicação do bom doutor, é o melhor peixe com fritas de toda Londres. Acrescenta secretamente que o sabor único é por causa da cerveja. Cassidy observa o bom doutor com certa distância e incredulidade que um médico ficaria deliciado com uma reles comida de rua, mas que seja.

Enquanto comem, esquecem dos problemas que o dia lhes proporcionou, Cassidy vê de canto de olho, em um beco do outro lado da rua, uma figura suspeita que os observa atentamente. Um pouco do molho respinga em sua gravata, causando risos do médico e do ambulante, deixando o detetive encabulado. Desviando sua atenção por um momento. Quando volta sua atenção para o beco a tal figura não esta mais lá. Cogita a ideia que sua mente sobrecarregada está lhe pregando uma peça e volta sua atenção ao seu lanche e se entrega as amabilidades do momento, riem do seu próprio infortúnio.

Ele acompanha o médico até a entrada do hospital despedindo-se. Este retorna a chefatura voltando aos relatórios e recados que abarrotam em sua mesa.

Terminado seu plantão, apagando a luminária de sua mesa, deixando que apenas as luzes dos corredores iluminarem parcialmente o ambiente, deixando-o com um aspecto sombrio. Ele relaxa em sua cadeira que range em protesto e colocando os pés na mesa e meditando os acontecimentos do dia pensa naquela figura que os observava mais cedo. Afastando estes pensamentos ele olha para o relógio, reparando o quão tarde é.

Cassidy se prepara para sair, quando o Capitão barra seu caminho em meio a escuridão.

*Terminou seu plantão, detetive?*

Devolve-lhe um olhar de preocupação quanto ao seu estado.

*Sim. Acho que vou caminhando até em casa. Quem sabe o ar da noite me reanima? Boa noite Capitão e até amanha.*

Se despede pegando seu *trench coat* um tanto quanto surrado, rumando para a saída ele alcança a rua. Se detêm alcançado pelo capitão causando espanto no detetive.

*Vamos lá, meu velho. Eu pago uma rodada e ouvir o jogo, o que acha. Acredito que o velho **Ollie** se encontrara conosco no bar. Vamos lá, vai ser divertido.*

*O.K., Capitão. Me convenceu, vamos ver essa sua disposição.*

*Maravilhoso! É assim que se fala.*

Esfrega avidamente as mãos, mal se contendo de ansiedade.

Eles tomam um táxi e os dois homens corpulentos se ajeitam no táxi dá uma chacoalhada dada a violência dos cavalheiros.

*Motorista, para o pub. E rápido antes que a cerveja esquente!*

⛩

O pub fica a algumas quadras do distrito policial, mas repentinamente sente uma sensação de que está sendo seguido, que o acompanha ate a porta do bar. Abre parcialmente a porta, bloqueando a passagem de Walker enquanto observa, pelo reflexo, o outro lado da rua. Consegue distinguir um vulto camuflado entre alguns caixotes desaparecendo em seguida.

Volta sua atenção para um consternado Oficial olhando com uma cara carrancuda.

*Desculpe-me, Capitão. Por favor, entre.*

Adentram no estabelecimento, jogando seus casacos displicentemente no cabideiro, que faz um malabarismo para não cair.

Bruce, o barman, sempre solícito e conhecido do capitão a tempos, saúda-os efusivamente.

*Bom vê-lo novamente, Walker. Quem é o novato?*

*Bruce, este é Cassius Cassivelanus O'Brian, mas pode chamá-lo de Cassidy.*

*Seja bem-vindo, Cassidy.*

*Apresentações feitas, mande duas Guinness e algum tira gosto.*

Nem bem os copos repousam no balcão, a dupla os esvazia de uma só vez, batendo com satisfação os copos no grande tampo.

*Venha, Cassidy, vamos nos sentar naquela mesa ao fundo, temos assuntos a tratar. Bruce outra rodada.*

Discutem sobre algumas ocorrências estranhas que tem ocorrido ultimamente, com informações desencontradas e beirando a estórias inventadas.

O tom da conversa fica seria quando Walker cita uma em particular, sobre uma pessoa vestida de negro dos pés à cabeça. Talvez ele seja a pessoa correta para averiguar o caso, já que ainda tem contatos nos níveis mais baixos da cidade.

*De tudo isso, preciso que mantenha segredo de todos. Até do chefe de polícia?* - indaga Cassidy, assustado.

*Inclusive dele. Principalmente dele. Se descobrir nosso envolvimento nesse caso, nem preciso dizer que nosso futuro na força não mais existira. Entendeu a seriedade?*

*Eu sei que você tem um código de conduta bem definido, mas veja, é para um bem maior.*

Cassidy sorve uma golada de sua cerveja e fixa seu olhar em Walker.

*E o doutor Wright? Ele sabe do nosso estratagema? Podemos*

*confiar em sua discrição?*

*O bom doutor só não sabe, como trara algumas informações a respeito.*

Bruce prevendo que os cavalheiros estão a ponto de terminar seus copos, traz mais dois copos e algum tira-gosto. Coloca um aparador sobre a mesa e serve Walker em primeiro lugar. No de Cassidy, coloca um bilhete com uma das pontas para fora. E sussurra.

*Vocês estão sendo observados. Mais de meia hora.*

Sagazmente, Bruce usa sua bandeja polida como espelho enquanto limpa as mesas para que Cassidy observe a movimentação do seu observador.

Cassidy nem precisa mexer a cabeça, podendo avaliar sua próxima cartada.

*Parece que conquistou um admirador.* - cutuca o Capitão, rindo dele.

O detetive toma um generoso gole e sinaliza para Bruce.

*Eu preciso ir ao banheiro, não comece nada sem mim, Capitão.*

Sai tropeça em cada cadeira e mesa a sua frente fazendo muito barulho, dificultando sua ida ao lavabo.

O tempo passa e Walker a falta de Cassidy que não voltara. Pergunta para Bruce e este só faz um movimento discreto com a mão, que confunde ainda mais Walker.

Após um tempo considerável de silêncio, Bruce Brada a plenos pulmões.

*Walker, ali!* - Aponta para o lado oposto da rua exatamente onde se encontra os caixotes e a figura misteriosa escondida entre eles.

Apressadamente, se aproxima da janela do bar e ainda pode ver Cassidy em desabalada carreira, em direção ao seu perseguidor.

Ele salta entre carros, desvia dos coletivos e os transeuntes soa vítimas de sua velocidade e determinação, causando um pequeno tumulto.

De repente a figura percebe que ele não está no bar e salta do meio das caixas, fazendo com que algumas caiam na via. Com uma agilidade invejável, salta e se esgueira entre o trânsito entrando em um beco, alcança uma tubulação presa a parede e a escala com a graça de um símio, rapidamente alcançando o telhado.

Cassidy para de fronte do beco a apenas observa a direção que ela vai.

Conhecedor dos cantos mais sombrios da velha Londres, entra por uma porta do saguão de um prédio vizinho, alca as escadas sentindo seus músculos latejarem, ainda assim alcança seu objetivo.

No telhado, ele nota uma figura trajada de negro, como uma sombra. Recomeçam a perseguição entre saltos, esgueirando-se nas chaminés que algumas exalam uma fumaça quente.

Em meio ao caos, perde a figura de vista e começa a procurá-la em todos os cantos, pronto para fazê-lo se arrepender.

De um canto de uma portinhola, a figura salta em sua direção o pegando desprevenido, derrubando o detetive.

Após um breve confronto físico, Cassidy pega sua algemas e vai colocá-lo em custódia, mas o sujeito e mais ágil e consegue reverter a situação, algemando Cassidy numa tubulação de aço.

A figura fica de pé na sua frente, mostrando sua estrutura aparentemente frágil, mas com movimentos graciosos.

A fica a um palmo de seu rosto e levanta parte de sua cobertura facial, revelando um par de lábios delicados femininos.

Tenta, em último esforço isar seu braço livre, mas é interceptado e a figura saca uma lâmina pequena, mas extremamente afiada como de um bisturi, encostando no pescoço do detetive.

*Shh! Cassidy. Você não é meu inimigo, nem o Capitão Walker. Não tenho nada contra vocês. Até que simpatizei com você.*

Sua voz angelical e suave siada de uma boca sensual. Nem parecia que tinha feito todo aquele esforço ao passo que Cassidy estava quase sem folego.

Aperta ainda mais a lâmina fazendo com que Cassidy solte um grunhido e seus olhos quase saltem de suas órbitas.

*Ate que eu gosto do seu estilo. Grosseiro, mas eficiente.*

Ela o beija no canto de sua boca, deixando o pobre

detetive com os sentimentos confusos até de morte.

Ela olha no fundo de seus olhos, ela afrouxa a pressão da lâmina, causando um alívio nele. Em seguida elas bate com um cano de ferro em sua cabeça deixando-o sem sentidos.

# Capítulo 4

A situação do detetive Cassidy não poderia ser pior, nu em pelo e em um lugar desconhecido. Vê-se em um ambiente que se parece com um apartamento de um único cômodo. A decoração é pobre e antiquada, os papéis de parede estão se soltando e em alguns lugares há mofo na parede roída.

Ele se levanta constrangido e rogando para que ninguém entre no aposento naquele momento.

Aproximando-se de uma mesa a frente da cama e com apenas uma cadeira ele encontra um bilhete:

*"Suas roupas estão na lavanderia. Na gaveta do criado-mudo estão seus documentos. M."*

*Ora, já temos uma brecha nas formalidades. Estamos ficando mais íntimos. O que vira a seguir, uma marca de batom?*

Antes que se afogue em suas conjecturas, um ruído alto vindo da porta do aposento o traz para a realidade. Ele abre a porta o suficiente para apenas ver quem está na porta. Uma figura pequena e raquítica dum chinês tipicamente trajado carrega suas roupas bem dobradas. Cassidy tenta pega-las, mas este derruba e revela momentaneamente sua situação comprometedora. Por um instante ele percebe que os olhos do chinês brilharam. Com um movimento rápido ele acena para que o chinês vá embora e fecha a porta com violência trancando-a.

Veste-se rápido e dirige-se até a janela e constata que se passa das oito da noite. Pelas suas contas ficou desacordado um pouco mais de quatro horas.

Seja quem for que o drogou tem conhecimento profundo em farmacologia e teria acesso a lugares restritos e ele já tem um suspeito, mas este assunto pode esperar, agora tem que achar o caminho da chefatura.

Saindo pela janela, alcança a escada de incêndio e

lépido como um felino, alcança à calçada.

A parca iluminação e rara não conseguem distinguir o local exato onde se encontra, só sabe que em um dos bairros de *East Side*, lar de toda sorte de escória. Um lugar bem barra pesada.

Outra coisa que esta contra ele agora e que alcançando o coldre percebe que esta sem sua arma.

*Maldição. O jeito é sair o mais rápido daqui sem alarde.*

Caminhando a passos largos, por algum tempo já pode divisar o icônico circulo vermelho do metro londrino, para seu alívio.

*Só mais uma quadra.*

Como se fosse uma conspiração, quatro brutamontes saem de um beco interrompendo bruscamente seu caminho.

Cassidy, que estava com a gola de seu casaco levantada e com a cabeça baixa, se detém.

Os malandros maltrapilhos o encaram esperando alguma reação.

*O cavalheiro poderia nos dar uns trocados para aplacar nossa fome?*

Fala um deles com ar de falsa polidez, levantando seu chapéu coco puído, alisando a sua cabeça raspada.

Se aproximando de Cassidy que permanece imóvel e calado.

Retruca outro, com um tom ameaçador, com um pouco mais de cabelo.

*Parece que o moço é mudo.*

O halito do seu interlocutor causa náuseas no detetive. Mas consegue manter o controle e continua resoluto.

Lentamente o grupo vai sacando suas armas. Porretes e um soco-inglês. Cassidy pensa na desvantagem de estar sem sua arma. Talvez fosse melhor assim.

O tempo parece durar uma eternidade, tudo parece estar em câmera lenta. O silêncio reina naquela cena angustiante. O grandão careca esmurra Cassidy com uma força descomunal, pegando-o de surpresa, lançando-o longe e fazendo com que caia pesadamente na calcada. Nem bem se recupera, outro desfere um golpe com um porrete, mas Cassidy consegue aparar o golpe, segurando o braço e dobrá-lo para trás com violência que faz com o meliante solte um urro de dor. Consegue se levantar e com uma joelhada no estômago, faz com que caia desmaiado.

Cassidy sente um agarra-o, imobilizando seus braços, ficando a merce do cara do soco inglês. Quando este vai desferir o golpe, o detetive da um pisão forte no pé do seu imobilizador que afrouxa a tensão dos braços, dando a oportunidade para que se abaixe, deixando que leve todo golpe do soco inglês.

Aproveitando seu descuido, parte para cima do seu ultimo adversário, agrando-o pela cintura e consequentemente derrubando-o, colocando todo seu peso pressionando contra a calçada, deixando-o imóvel.

O detetive fica estático e ofegante por alguns instantes, se certificando se não mais nenhum. Ele não percebe que o cara do soco inglês esta as costas do detetive e se prepara para desferir um golpe contra sua nuca.

O que se sucede espanta O'Brian. Vira-se para encarar seu executor, mas sua feição esta contorcida e levando suas mãos a garganta, soltando um grunhido estarrecedor e caindo pesadamente contra o solo num baque seco.

Perscrutando em volta para ver se haveria outro combatente, ele percebe uma figura trajada de negro dos pés a cabeça.

O detetive toma a iniciativa a sai numa correria em direção da tal figura, que percebe suas intenções e foge do seu encalco, iniciando uma emocionante e perigosa perseguição pelas escadas de incêndio e telhados dos prédios. Saltando pelas calhas e sacadas a figura parece levar uma certa vantagem.

Cassidy conhece todos os becos e passagens pela velha Londres, certamente a figura está em seu habitat. Telhados, sacadas e passarelas são suas ruas.

Repentinamente a tal figura desaparece de seu campo de visão deixando para trás um cansado e furioso detetive da Scotland Yard.

Ele volta para até a rua pelas passagens de um beco. Arruma seu casaco e se dirige para a entrada do metro agora com o dobro da atenção. Rapidamente alcança a entrada e descendo as escada quase que pulando degraus, ele chega ao salão das catracas e vê o guarda catracas. Sem diminuir seu passo, saca do seu distintivo e o funcionário da estação fica em posição de sentido e libera a passagem para O'Brian deslocando-se até a vazia plataforma e sentando no banco displicentemente. Seus pensamentos são interrompidos pelo estridente som dos freios da composição e do abrir das portas. Ele entra e só salta três estações depois para ir direto para a chefatura.

Adentrado a escritório do Capitão Walker percebe que ele montara centro de informações. Há uma forca tarefa em volta de sua mesa com mapas anotações, toda sorte de marcadores. Detetives e guardas com seus cadernos compartilhando informações e declarações de testemunhos. Outros traçando possíveis rotas com alfinetes e linhas coloridas delineando movimentos. Um gigantesco mapa da cidade dividida em setores e o Capitão dando ordens e distribuindo tarefas para os diversos guardas e detetives.

Ele sente a tensão e a excitação que preenche aquele ambiente. A confusão ordenada e movimentação perfeitamente orquestrada aparentemente caótica, sob a ótica de olhos destreinados, mas tudo estava bem engendrado.

O''Brian sente orgulho e admiração de fazer parte daquela equipe que não mede esforços e recursos para realizar seu trabalho. E do Capitão que consegue se manter firme e são diante daquela crise.

Observa também, a expressão de abatimento que assola Walker e de seus companheiros e repentinamente lança um assovio alto causando espanto em todos os presentes, quebrado pela voz potente de Walker.

*O''Brian! Onde você esteve, homem? Procuramos por toda Londres em nem um sinal sequer. E como tivesse desparecido em pleno ar.*

Este faz uma pausa para recuperar seu folego e se acalmar e se aproximando ameaçadoramente olhando fundo em seus olhos enquanto O''Brian recua o Capitão diz apenas uma palavra.

*Canalha!*

Ele se volta para os atônitos subordinados e com uma feição mais leve, dando-lhe um aperto forte no ombro.

*Pronto, cavalheiros. O nosso homem volta do front são e* salvo.

Gritos de vivas e aos mais animados saudando o detetive, deixando-o meio constrangido não acostumado a este arrombo de comemorações. Talvez essa fosse a intenção do capitão, visto que este esboça um sorriso malicioso.

Walker dispensa todos das tarefas e como num ensaio coordenado, desmonta-se todo aquele aparato deixado o escritório voltar a sua normalidade.

Walker mais calmo penas encara o detetive calado. Então dirigi-se a sua sala e entes de entrar olha para os lados para se certificar que não são mais o centro das atenções, chama O''Brian apenas com um gesto.

Ele se dirige rapidamente com milhões de possibilidades passando em sua mente, cada qual mais nefasta que a anterior.

Mal o ele entra na sala o Capitão bate a porta com violência e os poucos que ainda acompanhavam a cena dispersam para seus afazeres.

*Agora me explique aonde você se meteu, homem de Deus?*

O detetive se senta em uma das cadeiras à frente da mesa, ao mesmo tempo que o Capitão joga seu corpo em sua grande cadeira, e inicia seu relato ouvindo cada palavra de Cassidy com incredulidade.

Ao tempo que a estória vai tomando corpo, as feições dele vão se modificando e se tornando de um relaxamento até atingir o ponto de preocupação dos acontecimentos.

Ao termino do seu relatório, Cassidy nota o expressão de preocupação do seu superior.

*E você pretende entrevistar os seus suspeitos?*

Cassidy se serve de cigarro de Walker e o acende, sentando-se na beirada da mesa.

*Ainda é muito cedo para qualquer ação, nosso suspeito ou suspeitos podem estar mais perto de nos do que imaginamos, podem até mesmo trabalhar neste escritório. Deixarei as coisas como estão, mas sem perder a pista.*

A expressão de surpresa do Capitão surpreende Cassidy, afinal ele usar o cérebro mais do que os músculos são uma coisa que não se vê com frequência, aliás frequência nenhuma.

O capitão dispensa o detetive, que volta aos relatórios em sua mesa. O plantão segue tranquilo, até que a sala dos detetives vai se esvaziando, deixando Cassidy numa penumbra. Quando se da conta que já é noite, caminha para seu quarto alugado num casarão no segundo andar. Ele passa pelo saguão encontrando no caminho com sua senhoria apenas para desejar boa noite. Entrando em seu quarto apenas tira seu casaco que o joga em cima de uma cadeira, afrouxa sua gravata e se joga na cama. Suas intensões são interrompidas por leves batidas na porta.

Ele saca de sua arma, dirigindo-se silenciosamente a porta, apenas estica o braço alcançando a maçaneta, abrindo-a de uma vez.

*Eu me entrego, eu sou culpada do que você quiser.*

A voz doce e melodiosa de Mary faz o detetive abrir um raro sorriso. Estica seus braços aguardando ser algemada, virando seu rosto. A moca está trajada com um vestido de seda vermelho como sangue, colado em seu corpo com alguns acabamentos em dourado na alca. Em sua cintura, um enfeite dourado de um pequeno laço, caindo displicentemente. De sapato de salto alto de verniz preto, adornado com um delicado laco em seu tornozelo.

Seu cabelo louro acetinado todo arrumado, enrolado para cima está preso com pequeno espeto de prata.

A moça completa com uma pinta no rosto, próximo dos lábios carnudos com aquele batom carmim.

Cassidy guarda sua arma e a agarra pela cintura trazendo-a para junto dele, fechando a porta com violência. A moça envolve seu pescoço com seus braços e mostra todo seu sorriso olhando fundo em seus olhos, beijando-o com sofreguidão. Se atiram na cama que faz oposição gemendo. Cassidy alcança o interruptor acima da cabeceira e apaga a única lâmpada do ambiente. Apenas a luz de um letreiro piscante que insiste em tentar iluminar com sua luz vermelha, sem muito sucesso, é a sua testemunha.

# Capítulo 5

Em outra parte de Londres, uma figura salta pelos telhados com uma agilidade impressionante, ora se esgueirando pelos becos até alcançar algumas caixas empilhadas no fundo do beco interditado pela policia com um cavalete de aviso de local perigoso. Ele se enfia entre um vão, no chão ha um pesada tampa que da acesso a um pequeno buraco com uma escada. Ela desce alguns degraus e fecha a tampa camuflada logo em seguida passa um policial rondante daquela área. Ele volta para a entrada do beco imaginando que teria ouvido algum som de lá. Mas quando ele observa a placa de aviso, ele considera e entrada e volta a sua ronda dentro do pequeno buraco, a figura chega ao fundo em uma escuridão.

quase palpável. Tateando a parede, ela encontra um interruptor que ascende uma serie de lampadas no teto espaçadas apenas para iluminar o caminho. Durante o trajeto, a figura caminha calmamente livrando-se do seu uniforme negro e deixando pelo caminho ave que fique completamente nua. Ao final do túnel, ela alça outro interruptor que desliga as lampadas. Ela adentra a um salão assemelhando-se a uma abóboda de cimento armado, com algumas colunas como se fossem as fundações de uma grande estrutura.

O salão se mostra duma aspereza como que abandonado quando concluído os trabalhos, ainda restando ferramentas e utensílios dos ocupantes anteriores, que não chamam a atenção dela.

A luz difusa, mas ilumina bem o local, deixando mostrar o mobiliário espartano, uma cama de solteiro encimado por um colchão rústico mas confortável, uma mesa co amenas uma cadeira, alguns utensílios simples e destoando de todo aquele cenário há um guarda-roupa extremamente bem cuidado e uma penteadeira no mesmo estilo ainda que fosse antiquado. Na penteadeira perfumes e itens para toucador todos de finíssima qualidade e marcas de renome.

Á luz do átrio revela sua forma atlética, proporcional em todos os detalhes. De pequena estatura mas graciosa apesar do seu corpo ter sido trabalho a exausta-o. para ter aspecto atlético, deixando torneado.

Ela se dirige ao centro do salão que há uma abertura no chão como uma pequena piscina que ela adentra graciosamente até afundar seu corpo nas águas deixando apenas a cabeça de fora. Apoiando-se na lateral fecha os olhos permanece por algum tempo.

Ele sai da água e se dirige ao toucador onde pega uma grande toalha e se enxuga. Enrolada na toalha senta no banquinho frente ao espelho, fitando-o. Ele mostra um rosto angelical mas seus olhos não condizem com sua aparência. Já não tem o mesmo brilho e inocência de outrora. Seus traumas estão enraizados em sua personalidade que não acha que é mais capaz de amar. Talvez somente se importar, mas amar verdadeiramente está fora de questão.

Ela toma em suas pequenas e aparentemente frágeis mãos um porta-retratos com duas fotografias, que as beija com carinho e respeito, levado-o ao seu peito como que abraçando e deixa rolar uma lagrima e um soluço contido. Ele ergue a cabeça com os olhos fechados e se entrega aos seus sentimentos deixando escapar de sua garganta toda aquela raiva acumulada que ecoa pelo ambiente.

O sentimento de perda exauriu suas forças que ele acaba dormindo sob soluços.

O dia chega até ela com o eco abafado do som frenético do metro que atravessa as paredes fazendo que com que acorde para um novo dia. Levando o porta-retratos de volta ao seu lugar, deixa cair a toalha e vai até o guarda roupas e abrindo as duas portas ela observa as inúmeras peças da mais fina confecção. Ele escolhe um tailleur azul com bordados na lapela e abas dos bolsos e punhos em branco, um fino chapéu que mais se assemelha a uma calota adornado com uma pena multicolorida de pavão, um par de sapatos combinado com sua vestimenta, uma pequena bolsa com uma alça para carregar no braço e um par de luvas imaculadamente brancas. Após trajar-se ela vai até ao toucador e pega um molho de chaves e as coloca na bolsinha. Agora ela volta-se ao espelho e suas feições mudam. Ela esboça um sorriso e um olhar discreto, voltando ser a moça casta que todos esperam que seja. Só até o cair da noite.

# Capítulo 6

Ao término do seu plantão, o velho médico se encaminha a cantina para relaxar e tomar um chá com leite e talvez umas torradas. Na parede da entrada ha um quadro de avisos que sempre observa se não há algo de interessante. Seus olhos perscrutam lentamente cada uma delas descartando mentalmente. Uma nota em especial chama sua atenção que coloca seus óculos para lê-lo.

**"Procura-se pessoa com capacitação em Química e Matemática para uma vaga remunerada no Instituto de Criminalística. Não é necessário certificação acadêmica."**

Rapidamente o médico coloca o nome de sua filha e seu endereço no aviso, causando grande satisfação a ele.

*Essa é a motivação que ela procurava, sim senhor. Ela vai*

*adorar ser útil, <u>afinal de desafios(?)</u> quando ninguém acreditava que*
*seria possível.*

Está tão cheio de orgulho e sente que ela terá um futuro brilhante. Termina com seu chá e vai para casa ter seu merecido descanso para sua casa nos arredores de Londres.

Decidido a deitar seu corpo exausto, mal pode esperar o conforto de sua cama. Como um automato, entra seguindo pelo *hall* deixando seu casaco, chapéu e o guarda-chuva sem perceber o ambiente a sua volta. Tudo que quer e dormir profundamente. Assim que se deita, o cansaço deixa seu corpo e começa a notar pequenas mudanças. Um lustre, uma cômoda, alguns enfeites, de repente nota que quase todo mobiliário esta mudado. Também há muito mais coisas que seu gosto espartano e seu soldo permitia.

Levanta-se num pulo, assustado, com uma sensação estranha. Volta até a porta e checa novamente o número da casa, olhando para as outras casas. Retorna para dentro com ar de satisfação pela organização e bom gosto dos moveis. Mas continua sem entender como tudo aquilo chegou até ali? E o mais importante, quem trouxe?

*O que está acontecendo aqui?*

Seu estado só é quebrado com alguém batendo a sua porta, devolvendo-o a realidade. Abre esperando alguém para explicar um talvez um terrível engano, mas para sua grata surpresa é Catherine que está à porta.

*Oh! Olá papai. Gostou da nova decoração? Achei-os em alguns lugares incríveis de segunda mão e em excelente estado. Espero que tenha gostado. Não ficou maravilhoso? Sei que alguns precisam de um retoque aqui e ali, mas garanto que tenho um bom olho para essas coisas. Não é que o tempo com a mamãe serviu para alguma coisa?*

O doutor esta estática tentando absorver tamanha informação, mas apenas exibe um sorriso tentando ganhar um pouco de tempo.

*Estou extasiado. Nunca pensei que esta velha casa podia ser tão aconchegante. Nunca tinha pensado nestas coisas. Ficaram ótimos. Você tem realmente bom gosto, Cathie.*

Faz uma pausa como se algo o fizesse voltar a realidade.

*E como você conseguiu dinheiro para tudo isso? A senhorita ainda nem tem um emprego.*

*A mamãe me deu algum. Talvez se não o fizesse, ficasse com remorso, talvez sabendo que sua filha ficasse ao relento.*

A moça ri baixinho imitando os trejeitos.

*Não entendo como o senhor podia morar naquelas condições. Não é justo consigo nem saudável.*

*Ora, querida. Era tudo de que eu precisava. Não tenho aspirações para luxo. Acho que foi isso que sua mãe detestava em mim. Achava que por ser médico deveria exigir um soldo absurdo.*

*Então a partir de hoje sua vida vai mudar. O senhor queira ou não. Vai entrar na linha.*

O doutor Oliver só pode engolir seco se perguntando se foi uma boa ideia dela vir morar com ele.

# Capítulo 7

Entre o caos organizado do *Mercado Central*, onde culturas e aromas se encontram, destaca-se uma figura altiva, completamente fora do contexto. Trajado com um casaco de caçador, recém-chegado de uma longa viagem das possessões britânicas das índias orientais e da áfrica. Seus trejeitos são típicos de um soldado britânico recém-desligado.

Um homem grande de um metro e noventa, um pouco mais de 50 anos com um físico atlético, talvez um pouco mais abatido devido a algumas doenças tropicais. Possui em sua tez queimada pelo sol daquelas terras. Mesmo com esses problemas de saúde, não deixa transparecer sua condição. Seus passos são firmes e decididos sem se desviar nem um milímetro de seu caminho. Utiliza uma bengala de bambu para se apoiar devido a um ferimento de uma bala inimiga que se alojou em sua perna, coxeando vez ou outra, mas sempre se policiando, andando o mais firme possível.

Entra em uma rua onde se encontram algumas residências de aspecto vitoriano. Todas coladas umas nas outras sempre de dois andares e um sótão, com uma entrada para o porão onde o carvoeiro derrama a entrega semanal.

Observando atentamente e contando cada número, encontrando, alçando a escada rapidamente sem ajuda de sua bengala.

Bate na sineta da porta com certa violência querendo chamar a atenção de primeira vez.

Umas das folhas da porta abre-se revelando a figura de uma senhora de meia idade, usando um avental de cozinheira.

O coronel olha para a senhora com certo desdem, mesmo assim faz uma reverência, tirando seu chapéu.

A senhora observa o homem e esboça um sorriso amigável.

O coronel automaticamente fica em posição de sentido, se apresentando cordialmente.

*Bom dia, cara senhora. Soube por um anuncio que um dos seus inquilinos quer dividir um aposento, estou certo?*

*Oh, meu Deus, mas é claro. Entre que eu lhe apresento o cavalheiro e suas acomodações. O senhor não trouxe nenhuma bagagem?*

O coronel guardando seus sentimentos, mantêm-se o mais amável possível.

*Elas estão no despacho da ferrovia. Eu instrui o cocheiro para trazê-las no final da tarde, se não for inconveniente.*

*Oh, não. De modo algum. Venha, entre, entre. Vamos ver seu quarto.*

Eles alçam a escadaria, que faz alguns ruídos característicos de madeira antiga. O cômodo e bem espaçoso e arejado, com uma grande janela com uma vista privilegiada para a rua.

*É um bom espaço. Estou contente por achar um lugar para alugar tao rápido. E a quantia é a que combinamos antes, correto?*

*Isso mesmo. Cinco pixilingas por semana. Também concordamos em uma semana adiantado, certo?*

O coronel dá os ombros, concordando, percebendo nela

que não o fazia de má-fé, entrega a ela o acordado e começa sua rotina, fazendo o reconhecimento do terreno.

*A propósito, o senhor já jantou no trem?*

*Por Deus, não mulher. Eu não comeria aquela comida nem se minha vida dependesse disso. Não quero alarmá-la, mas estou precisando mesmo de uma comida caseira.*

*Então o senhor veio ao lugar certo. Vou preparar algo para o senhor e depois tomaremos um chá em frente a lareira enquanto aguardamos sua bagagem.*

*Esplendido! Se me da licença, vou descansar esses velhos ossos. Boa noite.*

A anfitriã o fecha a porta suavemente, deixando o militar com seus pensamentos. Pega de um de seus bolsos de seu casaco um caderno de notas surrado para passar o tempo, escreve toda sua estória até aquele momento com detalhes. Quando sua vista se cansa, vai até a janela para observar toda movimentação e estudar os movimentos das pessoas analisando seus hábitos e cacoetes. Nos seus tempos no exercito, vez ou outra era colocado para servir na guarita de segurança. Aprendeu a apurar sua audição e visão. Aprendeu também separar os sons, cheiros dos contumazes do acampamento de outros. Era capaz de saber se havia uma invasor de algum soldado inimigo que insistia atacar no meio da noite, detectando-o e abatendo sem alarde. Também conhecia seus amigos como nenhuma outra pessoa. Todos tinham tracos que os faziam únicos e podia reconhecê-los no meio da batalha intensa somente pelos seus tiques.

Essa experiência o faz distinguir um ato isolado de um corriqueiro, pode detectar se uma pessoa esta mentindo ou alterando fatos por uma série de fatores que só os mentirosos possuem.

De repente nota um casal passando em frente da porta do seu prédio. E um casal bem antagônico, para dizer o mínimo.

O homem e maduro, talvez um profissional bem-sucedido de braços dados com uma moca aparentando vinte anos com feições angelicais exibindo um largo sorriso, a passos lentos mas cadenciados, rindo e conversando alegremente. Os segue com os olhos até que sumam na multidão em direção ao parque. De repente, seus instintos disparam um frio de morte que percorre sua espinha.

*Não sinto nada assim desde...*

Interrompe sua divagação e volta sua atenção aos acontecimentos da rua. A princípio não consegue discernir o porquê. Continua sua busca por alguma evidencia entre os passantes, procurando o porquê daquilo que dispararia tal sentimento.

Eis que vê uma moca aparentemente caminhando só. Não entende porque fixou sua atenção naquela moca e por quê. O sentimento muda para um terror indescritível.

Dentre todas, a moça em questão veste um *tailleur* rosa com alguns detalhes em branco e uma *calota* com uma pena de avestruz, também está com seus sapatos combinando com sua indumentaria, culminando com um par de luvas brancas. A moça está com uma maquiagem leve, dando-lhe uma aparecia mais jovial.

Então porque cargas d'água ela representaria ser tão perigosa? Seus devaneios são interrompidos por algumas batidas na porta do seu quarto. Se recompõe e rapidamente abre a porta.

*Tomei a liberdade preparar um desjejum. Podemos descer e tomar um chá com alguns bolinhos, enquanto aguarda o jantar.*

*Por São Jorge. Eu tinha até me esquecido. Perdoe-me. Eu fiquei entretido com alguns acontecimentos da cidade grande. Ainda e todo novo para mim, então me distrai.*

*Ora, coronel. Ainda bem que o senhor não ficou entediado. Poderá descer quando estiver pronto.*

*Minha cara, não esperaria mais um minuto sequer. Depois da* senhora.

Antes ele volta a janela e não encontra a senhorita.

*Acho que estou inventando coisas. E melhor descer para* comer.

Ele aguarda que ela desça e a segue distante.

Conversam por algumas horas regado a um chá e alguns bolinhos que a senhora preparou. O coronel sente-se mais leve, até animado para manter uma conversa sobre frivolidades por muito tempo, coisa que não fazia a muito tempo. Sente-se mais calmo e a sensação de antes sumira quase que por completo, deixando os últimos episódios no passado.

*Ainda não creio que o senhor deixou de comer desde que entrou no trem? Se me permite a intromissão, de qual colônia o senhor veio?*

*Em absoluto, gosto de falar sobre os lugares onde estive. E bom relembrar os bons momentos e os maus também. Todos os acontecimentos fazem parte de nossa historia. E fazia tempo que eu não partilhava minhas aventuras com outra pessoa que não os meus colegas de farda.*

*Eu estive entre vários lugares do continente negro, sempre a serviço de sua majestade, desde os dezessete anos como infante, ajudava a carregar os mosquetes entre outras atividades. Quando completei dezoito, "me alistei" ou como alguns camaradas diziam, me oficializei. Como soldado regular estive em varias campanha, umas mais fáceis, como assegurar que implementos chegassem aos postos, outras no entanto, de uma periculosidade sem tamanho. Nestes casos, as baixas eram esperadas. Numa dessas ofensivas, uma bala de um mosquete afegão atingiu minha coxa esquerda que me fez perder muito sangue. Não fosse a lealdade e a camaradagem dos meus colegas, tinha ficado enterrados naquele lugar. Eles me arrastaram arriscando suas vidas. Fiquei nem sei por quanto tempo entre a vida e a morte, mas o médico conseguiu retirar a maldita bala sem amputar minha perna. Gracas a esse homem de valor estou aqui, amparado por esta bengala de cedro presente da meu pelotão em agradecimento pelos serviços prestados e um sinal de nossa amizade.*

A senhora está estupefata pela incrível estória do coronel, quase derruba sua xícara. Se recompondo, e senhora a deposita na mesinha.

*Meu Deus, que horror. Ainda bem que o senhor não teve que amputá-la. Melhor sentir um pouco de dor e poder levar uma vida mais digna, não é mesmo?*

*Ora minha cara, não sabia que esses assuntos lhe interessavam, teve contato com alguém que esteve nestas condições?*

*O senhor pode não acreditar, mas estive no corpo médico feminino por muitos anos. Praticamente munha adolescência toda. Servi como voluntaria, não tinha nenhuma formação, mas umas colegas foram generosas o bastante para me ensinar e aguentar meus chiliques ante todos aqueles ferimentos. Depois de um tempo, conclui meu curso e me formei em enfermeira. Minhas amigas, sempre me apoiando, fiz tudo para merecer suas dedicações. Em uma das minhas licenças, conheci aquele que viria a ser meu futuro marido com quem vivi quase trinta anos. Um homem altivo e o mais bonito do seu regimento. Ele foi sargento da cavalaria. Oh, meu Deus, quando lembro dele com seu uniforme cheio de medalhas e com seus brocados, montado em seu cavalo acenando para mim em um desfile ou mesmo em forma na companhia, eu sentia tanto carinho e orgulho dele. As vezes eu sinto sinto seu toque e seu perfume.*

Ela desvia o olhar para pegar seu lencinho de renda, enxugando as lágrimas de saudade de seu amado.

Sua atenção e voltada pára o coronel que está atento a cada palavra dela, provavelmente compartilhando a dor de uma perda.

*Sabe, coronel. As vezes o senhor me lembra um pouco meu marido. Talvez seja o seu jeito ou seu porte, eu não sei. Oh! Mas vejam só. Nos estamos conversando a tanto tempo que me esqueci que já esta na hora de alguns hospedes chegarem. Se o senhor quiser, esteja a vontade. Se quiser mais chá, e só tocar o sineta que eu trago um bule fresquinho e quente. Se me da licença.*

O coronel se levanta e faz uma reverência formal enquanto ela ruma para seus afazeres.

A campainha toca e a senhora corre para atendê-la. E o

cocheiro que traz as malas do coronel. Duas malas grandes, uma pequena e duas valises. E ainda um pequeno bau firmemente atado e com alguns avisos de frágil.

*Você tomou todas as providencias quanto ao bau, certo. São coisas extremamente frágeis, delicadas como porcelana chinesa.*

*Segui todas as suas recomendações, coronel até forrei o fundo da carruagem com palha para que não batesse contra o assoalho.*

*Fantástico! Deixe-me conferir.*

Ele abre as amarras e consta que todos os itens estão perfeitamente intactos.

*Muito bem, aqui esta nosso combinado. Cinco pixilingas mais o seu frete.*

*Coronel. O senhor e de longe meu melhor cliente. Precisando dos meus serviços, dia ou noite, mande me chamar que velho rápido como um raio.*

Ambos colocam a bagagem dentro do hall e se despedem.

*Estamos de acordo. Obrigado por tudo.*

O coronel fecha a porta e começa a levar suas malas até seus aposentos. A noite, ele vê o homem acender as luminárias da rua, e desce as escadas para uma última visita à lareira, talvez ler um livro ou mesmo acender seu cachimbo.

Ele fica imaginando como seria o esposo da senhora, até que vê em cima da lareira a foto dele, levanta-se e fica analisando-o como se fosse uma investigação, até que ela aparece em meio as seus devaneios.

O coronel se espanta com sua presença, reconhecendo que tocou em um sentimento que estava adormecido a tempos. Pede desculpas e se recompõe voltando a ser aquele homem rígido e aparentemente frio.

*Eu gostaria de agradecê-lo. A muito tempo eu não pensava nele e nas coisas que passamos. Quase pude sentir sua presença como se nos observasse. Se o senhor me da licença, tenha uma boa noite. Ah! O café e servido sempre as sete horas, se desejar posso levar aos seus aposentos.*

*Não é necessário. Gosto de companhia no desjejum, e aproveito para conhecer gente nova. E sempre bom estender seu círculo de amizades, não acha?*

*Oh, céus! É evidente. Boa noite coronel.*

*Boa noite madame.*

Em seu quarto, ele tranca a porta, na quietude da noite os acontecimentos daquele dia voltam assombrá-lo. Fica observando algumas pessoas que ainda insistem em transitar na noite gelada e úmida. Alguns babados fazem seus shows para nenhuma plateia. Uma ou outra charrete passa preguiçosamente provavelmente indo buscar sua cota de carvão para algum morador.

O som da chuva fina bate na sua janela fazendo-o acordar para a realidade. Deita-se na cama e mesmo que seja mais confortável do que na melhor das hipóteses, uma cama de campanha ou o chão duro e frio dos acampamentos improvisados, era o que tinha disponível, não consegue relaxar. O sono demora para vir. Antes que esqueça pega seu relógio portátil e o acerta para seis e meia. O costume de acordar cedo e também quer um pouco de tempo para ficar apresentável.

# Capítulo 8

Em uma brecha em sua agenda, o doutor Oliver encontra-se com o detetive Cassidy no escritório da Scotland Yard.

*Ora vejam! Olá doutor. Que aconteceu, outro corpo sem identificação?*

O tom de sarcasmo disfarçado de surpresa não incomoda o médico.

*Na verdade resgatar um outro defunto. Sua aparência mais parece como um daqueles "John Doe", que me aparecem vez ou outra.*

*Falando sério, doutor. Vim tirá-lo desses relatórios sem fim. Você não vê a luz do sol a quanto tempo, dois dias? Vamos homem, levante-se. Tenho uma proposta para lhe fazer.*

Antes mesmo que Cassidy esboçasse qualquer reação, a voz grave do capitão preenche faz com que a dupla tenha calafrios.

O doutor é o primeiro a aparecer em sua porta.

*Walker.*

*Oliver. Se o bom doutor tem uma proposta, e melhor ouvi-lo. Tenho ouvindo seus conselhos ao longo dos anos e sempre foram de grande valia.*

O'Brian sente que está em uma *sinuca de bico* com esses dois e que e melhor pagar para ver. Talvez seja uma piada deles por uma semana.

*Pelo menos não terei que olhar para estas pastas por um bom tempo, não é capitão?*

*Bem, eu posso dar um dia de folga, mas quero o senhor aqui amanha as sete, estamos entendido, O´Brian?*

Se levanta bruscamente e faz continência com a palma da mãos virada para fora e bate os calcanhares.

*O´BRIAN!*

Ele e o médico saem apressadamente deixando um oficial em fúria. Olha para seu fiel buldogue e solta um longo suspiro.

*Qualquer dia desses, detetive.*

O pequeno cão se afunda em sua caixa olhando por cima do focinho.


Do lado de fora do prédio, o doutor sinaliza e assovia para um táxi. Ambos entram fazendo com que as molas guincho, quase como que reclamasse. Nem bem se acomodam e o doutor ordena ao *chauffeur*.

*Siga para o CORRIGIR LOCALIZAÇÃO.*

*Ah, claro. A área rural, perfeito.*

Ambos se "espantam" pelo bom humor do motorista. O médico não se contém e faz graça.

*Ah, a alegria dos londrinos e nosso maior orgulho.*

Um risinho enter os ocupantes dando como encerrado as amenidades seguindo em silencio o resto do caminho. Entre resmungos do motorista e solavancos, até que a viagem dura menos que o esperado. Chegando ao seu destino, a dupla salta e o doutor paga a corrida, não sem antes dirigir-se ao condutor.

*Não se incomode em nos esperar.*

Nem bem ele termina sua frase, o motorista pisa fundo quase o derrubando. O doutor cogita em xingá-lo, desiste retornando a sua calma habitual.

*Vamos sair desse frio. Está congelando meus pobres ossos. Lá dentro teremos melhores condições e com certeza uma xícara de chá e uma lareira nos aguardando.*

Entram na propriedade com o doutor liderando com passos largos como se conhecesse o terreno com um detetive desconfiado logo atrás atento a qualquer ameaça ou uma pegadinha. Mesmo assim segue o velho médico.

Chegam a uma grande porta dupla ricamente trabalhada, ao seu lado uma corda pendurada com um no em sua ponta. Ao seu lado uma placa com uma inscrição.

**"Puxe para SER atendido"**

O doutor realmente sabe onde esta pisando e isso assusta Cassidy. Ele puxa a corda uma vez um som de um sino de catedral se faz ouvir. Instantes se passam e é a vez do caixilho da porta fazer seu ruido característico seguido do leve ranger das antigas dobradiças, revelando uma figura impávida do mordomo.

*Ola Charles! Bom dia.*

*Bom dia doutor Oliver. Como tem passado?*

*Esplendido! Um dia melhor que o outro. Minha filha veio morar comigo.*

*Ora, não é uma ótima notícia! Quando puder traga aqui, Sir Phillip ficara encantado.*

*Com certeza. Ela ficara muito feliz com o convite.*

*A propósito, doutor. Como devo anunciar o cavalheiro?*

*Que tolice a minha. Este é o Detetive Cassius O'Brian Cassivelanus. Detetive, este é Charles, mordomo de Sir Phillip, e um amigo de longa data.*

*Modéstia sua. Sou apenas um criado.*

*Que nada. Mas vamos ao motivo de nossa visita.*

*É claro. Sir Phillip os aguarda na biblioteca, como de costume. Eu os acompanho.*

*Bobagem, homem. Eu conheço o caminho, e não e sempre que posso me fazer de guia turístico.*

O mordomo dá um risinho discreto.

*Como quiser, doutor. Se me dão licença.*

O mordomo parece que tem rodas nos pés, não faz nenhum barulho, ao passo que a dupla avança ruidosamente, como se tivessem cascos no lugar dos pes.

Chagam até a porta do estúdio e o doutor barra a entrada de Cassidy.

*Detetive, eu sei que nos temos um certo grau de intimidade que podemos falar num tom mais coloquial. Gostaria de adverti-lo que atrás desta porta há um cavalheiro que a despeito da situação econômica que o pais atravessa, ele ainda é um nobre e tem uma educação esmerada. Sua linhagem esta em outro nível. O que estou tentando dizer em resumo é, faça movimentos lentos e curtos e evite usar palavras de baixo calão. Eu sei que nós temos um pé na carvoaria. Rogo para você para deixar aqui fora o policial truculento. Você sabe que ele é chefe da policia e deve conhecê-lo bem. E sabe também que esta aqui, sabe Deus porque motivo ele quer vê-lo. Não quero arruinar uma amizade de uma vida por grosseria, entendido?*

O doutor fica frente a frente com o detetive e arruma sua gola e dá dois tapinhas em seus ombros.

*Pronto. Estamos mais apresentáveis. Vamos entrar e que Deus nos ajude.*

*Doutor Oliver, que prazer imenso da sua visita. Sinto falta das nossas conversas.*

*E dos nossos carteados.*

*Sir Phillip apesar de trabalhar com a lei também é profundo conhecedor e apreciador de motocicletas. Outrora já foi um exímio corredor, mas por força da família e das responsabilidades, declinou dos esportes e apenas atua como colecionador e as vezes conselheiro dessas máquinas.*

Ele se levanta com graça e dirige-se ao detetive inicialmente apenas o observa, como um alfaiate medindo seu cliente.

*Então finalmente conheço o famoso Detetive Cassivelanus. Como o chamam mesmo? Ah, sim. Cassidy. Posso chamá-lo assim? Talvez fiquemos menos formais. O doutor Oliver me acostumei de chamá-lo pelo seu titulo. Mas ele me cobra sempre para chamá-lo pelo seu nome. Sabe, certos hábitos são difíceis de esquecer, não é mesmo detetive?*

*Pode me chamar de Cassidy, senhor. E também concordo com o senhor. Alguns hábitos são muito difíceis de esquecer, mesmo nós nos policiando, caímos em nossas próprias armadilhas linguísticas, não é mesmo doutor?*

O médico pigarreia tentando esconder a surpresa do ataque, mas Sir Phillip apenas esboça um sorriso.

*Ora, detetive. Não precisa ficar se segurando, em minha juventude era, como minha mãe me chamava, um "boca suja". Não tenha medo de dizer o que pensa, apesar de minha formação mais rígida, também conheço alguns jargões mais cabeludos.*

*Ora, Sir Phillip. Que surpresa.*

*Tudo bem, Oliver. Estamos entre amigos. E o detetive é bem-vindo sempre que quiser a vir a minha casa.*

*Devo admitir que não conheço* bridge *ou outro jogo de cartas. Minha companhia não vai ser de muita valia.*

*Ah! O senhor me subestima. Vamos até a garagem que eu mostro meus tesouros.*

*Em boa hora. Era outro assunto que queria tratar. O nosso amigo, não quer de forma nenhuma possuir um veículo, acha que atrapalharia mais do ajudaria.*

*Então, acredito podemos contornar essa situação. Sabia, Oliver que acabo de adquirir um pequeno lote de algumas das mais belas máquinas já feitas pelo homem?*

*Do que está falando, Phillip? Agora fiquei curioso.*

*Então me acompanhem. Vão ficar de queixo caído.*

Realmente ficam embasbacados com a quantidade de motocicletas de vários modelos, cilindradas e tipos que se pode achar em um único lugar. Enquanto a dupla admira cada uma como se fossem obras de arte expostas em um museu, Sir Phillip apenas enfia as mãos nos bolsos de seu terno e exibe um sorriso orgulhoso pela suas peças e por achar mais alguém para dividir seu gosto.

Cassidy é o primeiro a percorrer os organizados corredores. Elas estão classificadas por cilindrada e por anos de fabricação. Há também vários itens desde latas de óleo, macacões de corrida, capacetes e toda sorte de artigos relacionados ao mundo das corridas de motos.

*Phillip, eu não sabia quer seu gosto por motocicletas era tão grande. Isto é um paraíso para qualquer amante destas máquinas. Você disse que sua coleção era pequena, mas vejo aqui sem medo de errar, uma centena delas.*

*Cento e cinquenta e duas. Algumas funcionam, outra precisam de um reparo ou outro. Felizmente conheci um sujeito em*

Sussexito *que tem uma pequena oficina que conserta essas maravilhas. Ele é um artesão, não há serviço que o sujeito não faça. Se ele não tem a peça ele segue a trilha da dita como um perdigueiro até encontrar outra ou seu projeto. Não há serviço que o desanime. Ontem mesmo esteve aqui e levou uma delas inteira para refazer algumas coisas. Mas vamos, Cassidy. Pode subir em uma delas. Experimente. Vejo um brilho em seus olhos que algumas já "conversaram" com você. Deixe que falem. Ouça. Melhor, deixe-me ajudá-lo.*

Cassidy monta em uma delas, se sentindo extremamente confortável.

Essa é uma *Matchless-MAG 998cc Special 1922.*

*Como dou partida nela?*

Sir Phillip auxilia Cassidy nos procedimentos, inclusive em seu câmbio meio temperamental. Tomado por um desejo quase insano, ajuda-o a colocar a motocicleta para fora e lhe dá as últimas instruções.

Cassidy dá algumas voltas desajeitadas atrapalhando-se um pouco com as marchas. Três voltas depois, voltas e meia ouve-se as engrenagens da caixa de marcha rangerem, causando calafrios no doutor. Sir Phillip no entanto, está impassível, mas seus olhos fecham a cada engasgada na troca de marchas. Na quarta volta parece que ele consegue domar a fera e faz voltas cada vez mais limpas deixando seu dono mais relaxado e sem tiques.

Por fim ele para próximo deles e com uma saldo da diversão, uma cara cheia de barro e lama e um sorriso de pura felicidade, alegram o nobre.

Cassidy tira os óculos fazendo com que caiam na gargalhada, inclusive Cassidy que nota pelo espelho retrovisor que, exceto seus olhos todo resto está coberto de lama.

Após se limpar voltam com ela para a garagem para uma limpeza.

*Posso cuidar disso, Sir Phillip.*

*Por favor, me chame apenas de Phillip. Pelo menos entre nós. Em absoluto, também gosto de mexer um pouco com elas e Charles já fez parte de um clube de motos quando mais jovem, ele entende bastante de mecânica. Vez ou outra ficamos um fim de semana inteiro consertando-as. Aprendo bastante com ele, é quase uma enciclopédia.*

Oliver intervem também movido por uma curiosidade

automobilística.

*Pude notar que você tem outro galpão, o que seria ali? Não me diga que são mais motocicletas.*

*Não. Já tenho o bastante para meus caprichos. Venham eu mostro.*

Abrindo as portas duplas como uma sanfona, Phillip acende as luzes e outro tesouro se deslumbra diante deles. São inúmeros automóveis desde de passeio, luxuosos e algumas curiosidades.

O detetive mal pode acreditar no que está vendo. Não vê tantos carros assim nem em uma concessionaria.

*Como consegue mantê-los funcionando. Deve ser uma trabalheira.*

*Com certeza. George tem alguns contatos que vem de vez em quando e ajudam na sua manutenção e em retribuição eu abro a propriedade e organizo um evento ao ar livre. São pessoas maravilhosas e extremamente habilidosas, incluindo aquele amigo que faz umas peças em sua oficina. Não tenho do que reclamar.*

*A proposito este é minha ultima aquisição. Um Alfa 24HP, modelo "torpedo" 4 litros, acho que é de 1910. na verdade eu o comprei porque o usei em minha primeira corrida oficial. Simplesmente tinha que tê-lo. Confesso que foi uma luta conseguir comprá-lo. O museu tinha interesse nele, mas minha história com ele falou mais alto e também um valor um pouquinho inchado também contribuiu.*

*Ah! Ali esta minha joia.* Um Duesenberg modelo A, 1923. *São duzentos e sessenta centímetros cúbicos ou como os americanos gostam de dizer, quatro ponto três litros, oito cilindros em linha no cabeçote, sobrealimentado com um* **supercharger**. *Teoricamente chega a pouco mais de oitenta milhas por hora. Eu queria testá-lo em Indianápolis, nos Estados Unidos, mas negócios de família impediram este sonho. Não importa é uma máquina maravilhosa e mesmo que eu não corra com ele, eu me sinto como nas nuvens dentro dele. Às vezes faço alguns negócios dentro dele só para satisfazer meu ego. Que importa, está aí para ser usado, guardá-lo num pedestal seria um sacrilégio. Tive uma ideia. Esperem aqui.*

Sir Phillip sai em disparada como um garoto e poucos minutos depois retorna com George.

*George, como está o "Dusei"?*

*Revisado e limpo. Só precisa colocar um pouco de gasolina*

*que estará pronto.*

*Então temos tempo para um chá. Prepare ele para levarmos o detetive para um passeio de sua vida.*

Sir Phillip e George esboçam um sorriso malicioso deixando Cassidy apreensivo.

*Eu quero ver isto de camarote.*

*Venha conosco doutor, será bom tê-lo conosco.*

O trio segue para o escritório e se entretêm com assuntos mais variados fazendo com que Cassidy fique mais relaxado. Minutos depois, George aparece.

*Ele está pronto e aquecendo, senhor.*

*FANTÁSTICO! Vamos senhores. Nossa carruagem nos aguarda.*

Ao quatro se apossam de seus assentos com Phillip à frente com |George, que está trajado como um verdadeiro piloto profissional.

*George, siga para a rodovia. Quero ver o que essa máquina ainda pode fazer.*

*Perfeitamente, senhor.*

O caminho até a rodovia é calmo, com suas paisagens

bucólicas quase que combinam com o estilo de veículo. Cassidy esperava solavancos e alguns buracos no caminho, mas mal sente a estrada. Ele e olha para fora se certificando que possui rodas. Confirma e ainda pode vê-las fazendo seu trabalho subindo e descendo a cada buraco deixando-o perplexo.

*Não é uma maravilha da engenharia, detetive? Há certas forças atuando e alguns termos técnicos que vou poupá-los. O fato que é muito bom estar aqui dentro.*

*Senhor, na próxima curva entraremos na rodovia.*

*Perfeito. George, ele é todo seu.*

Mal tocam no piso asfaltado e George se transforma num demônio, acelerando de uma vez, passando as marchas com uma precisão sobre-humana. Da posição de Cassidy, parece que homem e máquina estão em sincronia. A cada ronco do potente motor, ele responde mexendo na alavanca de marchas, despejando potência no asfalto.

Sir Phillip está sereno e só observa, admirando a paisagem. O doutor vez ou outra se segura no apoio de braço da porta. Parece estar se divertindo feito uma criança, gritando *mais potência! É isso aí! Dá-lhe, George.*

Cassidy mal pode reconhecer o doutor. Outrora um homem de poucas palavras e reservado, agora parece que está tomado por um espírito louco.

Eles chegam aos limites da estrada e Phillip ordena a George para dar a volta.

*Eu assumo daqui.*

*O que? Ele vai dirigir, doutor. Espere um pouco.*

*Calma detetive. Sir Phillip também já participou de diversas corridas. Isto é natural para ele.*

Phillip assume o volante e tao alucinado quanto George, faz o caminho de volta. Cassidy só acalma quando entram na estradinha da propriedade e adentram pela entrada lateral. Para o veículo perto da entrada.

*Acho que nosso amigo estas precisando de um calmante. Seus nervos estão em frangalhos.*

*Eu posso receitar um scotch, sem gelo.*

*Perfeito. Vou pegar alguns tira-gosto para acompanhar.*

# Capítulo 9

Naquela tarde, Catherine passeia entre lojas e confecções, experimentando e se atualizando nas novidades da moda de sua nova vida, admirando tudo que pode avidamente. Sem que perceba, outra moça quase da mesma idade a acompanha ao longe. Algumas vezes se encontram *casualmente*, sempre de costas, a observando por algum espelho, sempre vigilante, estudando seus movimentos.

Algum tempo depois, ela se entedia e ruma até um café do outro lado da rua, para desfrutar do frenesi da metrópole. Não tem saudade nenhuma da calmaria do interior, parece que sua vida fora forjada para viver sempre em alta velocidade.

Melody, senta-se a duas mesas de distância, sempre com a moça em seu campo de visão, ordena ao garçom um café e uma revista. Decide que é hora de conhecê-la melhor e diz ao garçom que entregue um bilhete para a moça ao lado.

Ela se faz notar como se tivesse acabado de chegar. Faz um sinal discreto para com seu jornal.

***Sacré Bleu!*** *Que coisa mais linda! Uma pena ser um produto francês de alta-costura. Faria qualquer coisa para possui-lo.*

Catherine, curiosa olha para sua vizinha de mesa. A sua ocupante está com os olhos marejados encantando-a.

*Desculpe-me, querida. Mas o que seria digno de tamanha adoração? Posso sentar com você? Aposto que temos os mesmos gostos.*

*Oh, como sou tola. Perdoe-me. Não pude me conter ante esta maravilha, veja!*

Mostra a revista com um anúncio de uma loja de artigos finos para moças. Nele alguns accessórios da mais fina confecção que as duas admiram e suspiram a cada folheada.

Melody e Cathie parecem que se conhecem a tempos. Riem e conversam sobre diversos assuntos.

*Garçom. Pode trazer mais chá e alguns shortbreads, por favor.*

Passam a tarde folheando inúmeras revistas rindo e comentando de cada cena que passa por elas.

Encerram suas contas e Melody muda o tom da conversa, ficando um pouco mais séria. Aquele teatro está se estendendo por mais tempo do que gostaria e quase deixa seus sentimentos aflorarem.

*Vamos andar um pouco? Gostei imensamente de sua companhia.*

*Você também está sendo um alívio. Só tenho meu pai. Minha mãe praticamente sentiu-se grata por eu ter saído de casa.*

*Posso acompanhá-la até sua casa. Já é tarde e temos menos chances de sofrer algum assalto.*

*Que coisa. Eu não sabia que era tao violento assim à noite.*

*Não é para tanto. É melhor evitar alguns bairros.*

Melody astuta decora o caminho e todos as possíveis rotas de fuga. Traca também um plano para "visitá-la" mais tarde.

*E você, vai voltar sozinha para casa? Quem vai acompanhar você? Eu posso falar com um amigo e ele manda um policial para cá em minutos. Vou ficar mais tranquila.*

Melody só de pensar em cogitar a fato, treme de medo.

*Você esta bem? Meu Deus, deve estar tremendo de frio. Entre, eu acendo a lareira e podemos ficar até meu pai chegar.*

*Em absoluto. Não quero atrapalhar. E seu pai deve chegar cansado e uma visita tao tarde seria um incomodo. Não se preocupe comigo estou perto de casa até qualquer dia.*

*Oh! Não sei seu nome. Eu sou Catherine, muito prazer.*

*Melody. Gostaria de vê-la novamente, se você permitir.*

*Mas é claro. Quando quiser, já que sabe onde eu moro.*

*Então, outro dia. Boa noite.*

Catherine acompanha a moça até que dobre uma esquina. De repente sente seu coração acelerar e sua temperatura subir. Não entende o que está acontecendo. Entra fechando a porta com força.

Entra como um tufão em seu apartamento e vai até o seu quarto, deita-se na cama ainda vestida. Recapitula todo o seu dia e lembra-se de Melody. Novamente seu coração dispara mais forte e fica mais ofegante, levantando-se num impulso. Pesamentos e sentimentos se misturam em um redemoinho, parecendo com uma adolescente. Cobre sua boca e arregalando seus olhos, tentando não deixar escapar seus pensamentos.

Corre pelo ambiente para se certificar se seu pai não esta, apenas um bilhete carinhoso na mesa a deixa mais aliviada.

*Querida, Cathie. Vou passar o fim de semana na residência de Sir Phillip. Vou direto para o hospital. Papai te ama.*

Nem o bilhete carinhoso consegue aplacar o sentimento que varre seu peito, chegando a pensar que está enlouquecendo.

Ela deita-se para tentar relaxar e esquecer disto. O sono mal vem e imagens se formam como flashes, deixando-a inquieta, se revirando na cama, fazendo com que fique suada, encharcando o travesseiro.

Acorda tao tarde e esgotada fisicamente prefinindo ficar na cama pelo resto da manhã.

# Capítulo 10

Naquela noite, Melody, num quarto em *Hayde Park*, se prepara para mais uma noite de ronda. Deixa suas roupas impecáveis de lado para voltar a assumir o manto negro. Deixa também toda aquela pose de moça casta para se tornar uma predadora. A transformação de suas feições causariam pavor profundo até no mais duro dos homens. Visitando cada lugar onde possa descarregar sua ira, ela o faz com precisão e sem alarde. Os poucos casos que encontra são apenas discussões entre ébrios e uma outra discussão familiar. Nada muito grandioso. Nem sequer um assalto, nem uma invasão. Hoje que ela tanto precisava de uma distração, parece que a cidade entende seus sentimentos. Uma noite calma demais para perambular por aí. Decide então voltar e encerrar a noite, retornando à sua personalidade de garota solitária. Mas antes, passa pela residência de Cathie, só para uma última olhada. Observa a garota em seu quarto se contorcendo em sua cama. Ela tira seu capuz, exibindo um sorriso malicioso, mas logo se recompõe, abominando aquele sentimento. Volta a vestir o mascara e ruma pela noite para seu esconderijo.

# Capítulo 11

Após um merecido descanso, O'Brian percebe que está em uma cama grande, macias e perfumada. Tenta se lembrar dos eventos do dia anterior e do vexame.

No pé da cama, nota um robe finamente decorado. Não é bem o que usaria normalmente, mas é a casa de um nobre, então que seja. Toma um banho de morado e reconfortante. Desce para encarar Sir Phillip e o doutor Oliver, antes se encontra com Charles o aguardando no pé da escada.

*Bom dia, detetive. Espero que esteja recuperado. Devo informar que está uma manhã esplêndida. Sir Phillip e o doutor Oliver o aguardam na biblioteca e em breve se servirei um desjejum. Fique à vontade, tenha um bom dia.*

Faz uma mesura e se retira fechando levemente as portas.

Assim que entra na sala, se surpreende com uma dupla tao distinta conversando animadamente, o faz ruidosamente.

*Espero que eu não seja o motivo de tanta alegria.* ·

*Ora, detetive. Não precisa ficar chateado. Eu compreendo perfeitamente sua reação. E devo admitir que a culpa foi totalmente minha. Fazia tempo que eu não exibia assim. Mil perdões.*

O doutor Oliver ri baixinho e demonstra que também tem uma habilidade de caçoar de O'Brian.

*Bem, me parece que você esta de melhor humor. Não vai precisar dos meus serviços hoje.*

Phillip e Oliver exibem um sorriso malicioso deixando Cassidy desconfortável.

*E para remediar a situação, tenho uma proposta para você, meu amigo truculento. Pedi para Charles mostrar-lhe uma coisa mais do seu temperamento. Acredite, você vai gostar.*

Para acalmar o ânimo do detetive, providencialmente Charles entra com o desjejum, que se serve com voracidade.

Sir Phillip achando graça em Cassidy, e o doutor com

uma expressão de desaprovação, esperam que ele termine sua refeição.

*Esplendido! Agora cavalheiros, se estamos prontos, sugiro irmos a minha outra garagem, onde escondo meus mais valiosos tesouros.*

Cassidy tem um vislumbre da sua sessão de tortura naquela máquina dos diabos. Ainda mastigando um bolinho, segue relutante os anfitriões por uma alameda florida, coberto por uma trepadeira deixando que os raios do sol passem aqui e ali.

Ao chegarem Ao seu destino, O'Brian sente um calafrio no estomago desejando colocar tudo para fora.

Atento a tudo, Charles vai em auxílio ao detetive visivelmente pálido, tirando de sua mão o bolinho e cuidadosamente o joga fora.

*Obrigado, charles.*

*Disponha, senhor. Adianto que este assunto fica somente entre nós.*

Charles abre a pesada porta da garagem enquanto Sir Phillip faz uma pausa dramática e acende as luzes uma a uma, causando uma surpresa ainda maior em Cassidy e no doutor Oliver.

*Esta definitivamente é mais assombrosa do que a anterior. Realmente você não estava brincando quando disse que eram suas joias. São magníficas, meu amigo.*

Sir Phillip observa Cassidy estático como uma criança numa loja de brinquedos. Aproxima-se dele, e toca em seu ombro, fazendo com que desperte do "sonho".

*Realmente, senhor, estas são lindas máquinas. Meus parabéns. É uma bela coleção.*

Sir Phillip e só sorrisos. Orgulhoso de sua coleção e também alegre por mais alguém compartilhar seu gosto.

*Se você quiser uma é só escolher. Experimente a qual é mais do seu agrado. Temos uma tarde linda e um terreno disponível. Sinta-se a vontade.*

*Senhor, eu nem sei por onde começar, cada uma mais incrível que a outra. O que o senhor sugere?*

*Bem pensado. Veja, esta por exemplo, a branca e vermelha, é uma Excelsior 1919. Está aqui é uma Matchless do mesmo ano, minha "joia da coroa". Está em particular, acredito que você vai gostar mais da Royal Enfield também de 1919.*

O'Brian olha, toca com as pontas dos dedos, olha para cada detalhe, como se entendesse sua língua.

*Então qual vai ser?*

Ele exibe um sorriso malicioso e dispara.

*TODAS! Quero testar cada uma delas.*

*Fantástico! Charles vai auxiliá-lo nos procedimentos e podemos iniciar os testes.*

Após uma rápida aula sobre a dinâmica delas e de seus controles de cada uma delas, o detetive está pronto para inicias sua volta. Charles se surpreende com que Cassidy absorve cada informação causando espanto e admiração. Terminado os debates, chega a hora dos testes.

*Estou apreensivo, Oliver. Além do prejuízo material que não poderá ser reposto, há também o risco dele sofrer um grave acidente.*

*Ora, não se preocupe. O médico está de plantão hoje.*

Após alguns tropeços, O'Brian pega o jeito em algumas voltas, se entende com elas, sentindo-se confortável a cada volta, como se as tivesse a tempos.

Quando atarde se vai, o grupo está empolgado com o

progresso do detetive, que está pronto para fazer sua escolha.

*Sir Phillip, gostei da* Royal. *Não posso explicar o porquê, mas eu me senti muito bem com ela. Ela é incrível.*

*Excelente escolha. Então posso enviá-la para seu endereço?*

*Gostaria que a enviassem para a Scotlan Yard. Passo mais tempo lá do que no meu apartamento. E decididamente não haverá espaço para uma motocicleta.*

*Perfeitamente. George vai cuidar da papelada e do envio. Agora para comemorar, que tal uma partida amistosa de* cricket *e um scotch para finalizar com chave de ouro nosso fim de semana? George, pode ser nosso juiz?*

*Como quiser, mestre Phillip.*

No dia seguinte, George leva o doutor e o detetive de volta a Londres em um luxuoso *Cadillac tipo 53*.

O motorista deixa o doutor em sua residência acompanhado com surpresa pelo detetive Cassidy.

*Se não se importar, gostaria de fazer o resto do caminha a pé. Caminhar me faz refletir.*

*Perfeitamente, senhor. Tenha um bom dia.*

Cada qual segue seu caminho para seu merecido

descanso. Cassidy se arrasta pelas ruas, observando a cidade acordar lentamente para mais um dia fervilhante.

Ele sabe que essa tranquilidade e passageira, mas, mesmo assim, aproveita cada segundo dela. Num estalo, se lembra de Mary e que coincidentemente esta próximo ao seu apartamento.

*Não custa passar para dizer olá.*

Mais tarde que o normal ele entra no prédio da polícia e é recebido pelos gritos do Capitão.

*O'BRIAN! Na minha sala. Agora!*

Seus colegas fingem não dar atenção. Respira fundo, segue para o encontro de uma possível punição.

*Feche a porta. Hoje por acaso cheguei um pouco mais cedo, ao contrário de alguns, notei este envelope sobre minha mesa. Adivinha a minha reação.*

*Não faço ideia, senhor.*

Walker sai de trás de sua mesa e caminha encarando O'Brian como se quisesse agarrar seu pescoço, encurralando-o contra a parede.

*Não imagina o quanto eu o amalçoei uma centena de vezes.*

*Mesmo assim procurei me acalmar e ainda que relutante abri o envelope e li seu conteúdo. Para minha surpresa havia duas páginas de elogios sem igual. Não pude acreditar que estava endereçado a você. Deveria haver algum engano.*

Walker faz uma pausa eloquente, incrédulo, tenta entender como ele conseguira tal feito.

*Você realmente superou minhas expectativas, não tenha dúvidas. Por enquanto é tudo.*

*Senhor. Antes de ir, mais tarde ira chegar uma encomenda. Espero que não se importe, mas eu tive que dar o endereço da chefatura. Ela vai ficar na garagem. Eu vou arrumar um espaço para ela.*

*O que seria, Cassidy? Opio, papoula, cigarros sem taxa, álcool?*

*Não senhor. Uma motocicleta. Tenha um bom dia.*

Cassidy sai do escritório deixando para trás Walker espantado.

*Você entendeu alguma coisa, Winston?*

O pobre buldogue bufa e se encolhe, escondendo o focinho.

# Capítulo 12

O doutor entra em sua casa o mais silenciosamente possível, imaginando que Cathie estava dormindo. Passa pelo seu quarto e nota que a garota esta suada. Sua primeira reação, como médico, e verificar sua temperatura. Imediatamente ele prepara uma canja quente para ela.

Em seu desespero coloca o avental de cozinha e deixa cair uma panela fazendo mais barulho do que previa. A moça levanta-se sorrateira a pára na entrada do cômodo, observando em silêncio seu pai resmungando e atrapalhando-se com os utensílios. Chega de mansinho se posicionando atrás dele, rindo baixinho.

*O senhor já chegou? Que horas são? Acho que não estou me*

*sentindo bem.*

*Oh, meus Deus, Cathie. Você não deveria ter saído da cama. Vamos, sente-se aqui. Eu estou tentando fazer uma canja, mas eu sou péssimo na cozinha. Me desculpe.*

*Tudo bem, papai. Um chá bem quente vai me fazer sentir melhor.*

Os dois se acalmam e Cathie sorve seu chá ainda trêmula, com uma expressão pálida, assustando seu pai.

*Cathie, você está bem. O que aconteceu, para ficar neste estado?*

Ela relembra os fatos que se sucederam e se envergonha, se escondendo atrás da xícara.

O doutor a examina superficialmente, tentando entender como aquela jovem ficou naquele estado.

*Cathie, você esteve fazendo algum exercício físico? Ou é isso ou você não tem se cuidado como deveria. As vezes comer somente nos cafés não e alimentação para uma jovem.*

*Tem razão, papai. Estou tão contente de estar aqui, em Londres, que nem pensei que a comida de rua não cairia muito bem. Ainda estou me acostumando. Obrigado por se preocupar, eu vou ficar bem.*

Desta vez ele deixa passar, mas essa estória vai ter que ser passada a limpo.

*E você moça. O que fez no fim de semana? Fez alguma amizade?*

Cathie baixa os olhos quase entregando a verdade. Mas prefere manter em segredo, não sabe bem por quê.

*Bem, encontrei uma moça que por coincidência tinha os mesmos gostos que eu e ficamos a tarde na cafeteria conversando e nos divertimos muito. Depois disso cada uma seguiu seu caminho. Nada de mais. E o seu, como foi? Aposto que ficaram jogando gamão ou cricket, acertei?*

*Mais ou menos. Eu levei a detetive Cassidy. Foi mais divertido do eu mesmo podia imaginar. Ele é uma figura. Acredita que Sir Phillip gostou dele? Parece que formamos um equipe e tanto.*

*Agora, mocinha, termine seu chá e vá se deitar eu vou daqui a pouco ver como está.*

Ele dá-lhe um beijo em sua testa e a acompanha até seu quarto.

*Papai, como é aquele cavalheiro que o senhor mencionou há*

*pouco, ele é bonitão?*

**Catherine Wright**! *Que jeito de falar é esse? Qual seu interesse nele?*

*Credo, papai. Não é nada de mais. É que o senhor falou tanto dele que eu achei que poderia conhecê-lo.*

*Em primeiro lugar e bem mais velho do que você. E ademais ele já está, como direi, "enrabichado" com alguém. Mais do interesse dele. E isso me leva a outros dois assuntos. Surgiu uma vaga no hospital para assistente de laboratório e coloquei seu nome, creio que você vai gostar do ambiente. E a enfermeira Mary quer te conhecer. Acho que vocês podem ser grandes amigas. Pelo menos terá com quem conversar.*

*Que o senhor conhece, não é mesmo?*

*Exatamente. Agora descanse que eu vou fazer o mesmo, meus velhos ossos não são mais os mesmos.*

# Capítulo 13

O cotidiano do Coronel foi bem monótono. Preferiu explorar um pouco a cidade como um visitante casual e fazer anotações em seu diário. Ora percorria o centro, com toda seu alvoroço, apinhado de pessoas apressadas, um transito caótico, uma mistura de odores desde excrementos de amimais que a cidade ainda insiste em usar como força motriz para seus veículos. Os táxis despejam seus gases expelidos pelos seus escapamentos emporcalhando ainda mais o ar irrespirável da cidade. Sem contar com toda sorte de vagabundos, pedintes, molestadores, batedores de carteiras e algumas "damas" que lhe vendem qualquer coisa além do prazer carnal. Sem falar doa preços extorsivos das passagens, não e a toa que as pessoas sabiamente pulam dos coches antes que o *picador* apareça e lhe cobre pela passagem. Assim vai-se dando um *baile* coitado tendo que amargar com o prejuízo. Falando em sujeira, quem gosta disso são os meninos engraxates que tem a oportunidade de limpar os sapatos dos cidadãos que não querem estar com eles sujos dos dejetos da rua.

Lembra como os cocheiros eram polidos e não recusavam nenhum serviço, teve a sorte de encontrar um que fosse amigável o suficiente para que lhe fornecesse um serviço de qualidade. Hoje são grosseiros e desrespeitosos o deixando a "ver navios".

Antes de ir embora visita algumas camisarias e sapateiros de todas as classes e acha até alguns decentes por quantias dentro de suas posses, não que fosse um *pão-duro*, longe disso. Mas ainda não tem uma renda fixa, então e melhor economizar nos luxos sem deixar sua classe.

Decide então se aventurar pelos subúrbios, para tentar se alimentar de uma calmaria que sua alma tanto anseia. Até que o ambiente não é dos piores. Tirando o fato que tudo remete a uma imensa latrina, até que tem seu charme. Os oleiros, os artesãos, os curtidores, até mesmo os catadores de estrume o cumprimentam e lhe lançam um olhar curioso, mesmo assim o cumprimentam educadamente. Quando encontra uma taverna, entra com cautela pois não conhece nada dali, então e melhor se precaver. Segura sua bengala bem firme para caso quiserem subtrair-lhe suas posses. Mas o tempo passa e parece que as pessoas são mais acolhedoras do que na cidade. Mesmo assim fica em uma mesa longe das janelas e próximo da porta, sempre vigilante.

A taberneira e uma mulher corpulenta um pouco fora do peso, mas ágil como uma pluma. Percorre as mesas com uma destreza de causar inveja a qualquer moça.

*Boa tarde, meu senhor. Deseja fazer seu pedido agora? Temos peixe com fritas, temos também um porco no espeto e uma torta de peixe que todos adoram.*

*Esplêndido! Quero uma torta de peixe e uma cerveja grande e se não for demais, pode trazer o jornal de hoje? Muito obrigado.*

Passa parte da tarde por ali e até mantêm algum contato social inquirindo sobre seus passatempos, gostos culinários e profissões.

Afeiçoa pelo local, mas não moraria ali. Talvez uma temporada ou outra, nada definitivo. Algumas casas ainda tem aparecia de construções medievais e talvez o sejam. Sua próxima parada são os parques e bosques espalhados pela cidade. Sente uma paz imensa, quase tao grande quanto no subúrbio, exceto que é mais limpo e bem frequentado. Crianças correm livremente, até demais. Os lagos são imensos e cheios de vida aquática. Repara que algumas pessoas compram pão para dar de comer aos patos e gansos residentes ali. Essa prática causa espanto no Coronel, que logo acha graça nesta atividade. Decide inquirir um cavalheiro que está acompanhado por uma dama.

*Bom dia, cavalheiro. Pude observar que estão jogando pães aos patos. Que hábito intrigante, poderia me dizer qual a natureza disso?*

O casal pego de surpresa, se levanta e o rapaz cumprimenta o Coronel, com um aperto de mão surpreendentemente forte.

*Bom dia, senhor. Está mesmo um belo dia, não? Eu e minha noiva vimos nestes parques desde que celebramos nossas intenções. E um jeito de passarmos a tarde só nos dois. Parece que os casais e também os solitários vem para cá alimentá-los. Achamos bem relaxante. Deveria tentar um dia desses.*

*Vou pensar na sua sugestão. E parabéns ao jovem casal. Também notei que o cavalheiro tem um aperto de mão forte. Deixe-me adivinhar. O senhor pratica algum esporte de contato ou serviu às forcas armadas, acertei.*

*Devo admitir que participei da equipe juvenil de remo em Cambridge. Mas os deveres com a Pátria falaram mais alto e sim, servi ao exército de Sua Majestade por dois anos depois da guerra. Eu digo que queria estar no front nem que fosse por um curto período, mas Agnes decididamente sentiu alívio quando completei meu serviço obrigatório.*

O coronel suspira decepcionado pela inocência do jovem.

*Eu digo meu jovem, do alto de minha experiência que também servi exercito em diversos front e digo, não é nada bonito como ensinam na academia. Tenho uma bala na coxa esquerda para confirmar. No início, como todo jovem, era iludido e fantasiava com esta experiência. Mas a realidade bateu a minha porta e não tinha muito o que fazer. Acredite no que digo. Você deu muita sorte, não era seu momento. De novo, desejo muita sorte ao casal. Tenham uma boa tarde.*

O resto do dia transcorre sem mais ocorrências dignas de nota. Ao longe pode ouvir o badalar do Big Ben, anunciando que são dezessete horas. Os cafés ficam lotados para o *chá das cinco*. Decide dar como encerrado seu dia e voltar para sua hospedagem.

Ao passar por uma rua quase deserta, seus instintos o alertam que esta sendo seguido. Um arrepio na sua nuca confirma o sentimento. Sem se deter, apenas diminui o ritmo dos seus passos e usa sua visão periférica e sua aguçada audição para qualquer movimento ou ruido estranho.

Num relance pode jurar que viu a mesma figura pequena e esbelta oculta na sombra de uma entrada de carvoeiro. Esta sensação o percorreu mais de uma vez, mas só agora ela se tornou evidente.

Lépido como uma lebre, ele se volta para a entrada, na esperança de alcançar seu perseguidor, mas tudo que pode ver e que a tal figura escapar escalando com uma agilidade sem par, escalando a tubulação da parede. Para sua surpresa a figura se detém na beirada e fica imóvel antes de sumir na escuridão.

Continua sua caminhada até a pensão, ainda com aquela imagem em sua mente martelando insistentemente. Respira fundo e se desvencilha dessa armadilha mental. Deve colocar os pensamentos em ordem. Nada como algumas palavras-cruzadas ou enigmas difíceis não ajudem. No momento, seu estômago é prioridade, então apressa seus passos até a hospedagem.

A visão da entrada é um colírio, anunciando um alívio para sua fome e seu corpo cansado.

*Boa noite, sra. Paige, acho que me perdi em meus pensamentos dentro desta metrópole, mas ainda há tempo para o jantar?*

Carinhosa e sempre sorridente, a mulher o recebe prontamente.

*Mas é claro, coronel. Ainda tenho um jatar todinho para o senhor. Pode se acomodar na sala de jantar que já vou servi-lo.*

*É muita gentileza minha senhora. Prometo que não me atraso para o jantar. Fico muito grato.*

Ele termina sua refeição e se recolhe para seu quarto para anotar todos os acontecimentos do seu dia. No final, as imagens da visão daquela figura que o seguia voltam a assombrar sua mente.

De uma gaveta retira alguns recortes de jornal com relatos de aparição de uma figura vestido de negro dos pés a cabeça. Algumas testemunhas, ainda que não muito confiáveis, podem jurar que presenciaram quatro brutamontes, todos armados com facas e porretes sendo derrubados um a um em poucos minutos. Enquanto mastiga um sanduíche, observa um recorte em especial um esboço do que seria o suspeito. Não ajuda muito porque não há rosto, apenas algo que parece um manequim todo preto.

Coloca o último recorte em um espaço na parede atrás de uma cortina ocultando uma espécie de teia feita com cordoes presos por tachas, cada qual ligando seu correspondente. Outras linhas se cruzam em alguns nós. Ele se afasta para observar mais de longe sua complexa criação. Alguns fatos não fazem menor sentido, outros caem em um beco, como se lhe faltasse alguma informação crucial para avançar em sua investigação, frustrando-o.

Cerra as cortinas e volta a olhar pela janela como se procurasse respostas em algum ponto que deixou passar. Mas o máximo que consegue é uma bela enxaqueca.

*O que eu preciso é de um detetive profissional.*

Súbito ele se lembra de uma matéria em especial que é justamente o que precisa. Remexe suas gavetas, achando o que queria, dando um grito de vitória. Um caso policial envolvendo um certo detetive um tanto truculento, mas eficaz em seu trabalho com gangues e sindicatos ilegais.

O coronel exibe um sorriso de vitória e dá um tapinha no jornal.

*É exatamente o tipo que estava procurando. Determinado e sagaz. Amanhã mesmo vou vê-lo.*

Mais descansado, segue para seu ritual de higiene e dorme mais tranquilo e relaxado.

# Capítulo 14

Por alguns dias, o **Coronel St. James** segue o detetive Cassidy, estudando seus hábitos e as peculiaridades de suas caminhadas.

Mantendo-se sempre no seu campo de visão, criando o melhor cenário para abordá-lo sem causar um conflito desnecessários.

Precisa colocar em prática todo seu conhecimento em rastreio adquiridos em seus anos em serviço. Aprendeu a se camuflar em qualquer lugar sem chamar a atenção utilizando de disfarces locais. No caso de Londres, até que é uma tarefa mais fácil. Apenas tem que tomar cuidado por se tratar de um profissional em detectar perigo. Ao menor sinal que está sendo seguido, vai sumir de sua vista e sabe lá o que pode acontecer.

Outra preocupação, é aquele sentimento de que o perseguidor está também sendo perseguido, como no dia anterior, mas agora está preparado, não será uma presa tão fácil de se abater.

Ele pode até escolher a escuridão da noite para se revelar e nada garante que esteja em sua real identidade. Nem tenta procurar neste momento para não estragar seu disfarce. Deixe que os acontecimentos se desenrolem por si só. Por hora deve se concentrar no seu alvo.

Por dias segue o detetive por lugares mais tenebrosos da cidade e parece que ele está mais à vontade nesses cortiços do que no centro. Também perambula pelas ruas como se fosse um guarda regular e vez ou outra se encontra com alguns deles no meio da madrugada gelada até traz uma garrafa com chá quente e alguns tira-gosto, que agradecem-no efusivamente. Parece um homem de caráter forte e honrado.

Já quase desistindo do seu intento e encerrando sua noite, o detetive dirige-se para uma igreja e entra. Talvez para fugir do vento e da insistente garoa que assola nos pobres notívagos. Segue-o esperando que não o note e entra também, rumando para o confessionário.

Do local onde esta pode ver ele conversando com o pároco, mas infelizmente não ouve absolutamente nada. Sente-se frustrado.

Ele tem um trunfo na manga, pode com certo esforço ler suas expressões e deduzir o teor da conversa.

As expressões do padre vão de espanto à incredulidade. Vez ou outra ele coloca as mãos no rosto, como se não quisesse aceitar o fato. Então o pobre padre cede, muito a contragosto, aos insistentes pedidos do detetive.

Esse detetive tem uma má fama de truculento, mas vejo também que ele consegue "passar uma lábia" como ninguém. Gosta disso, pode ser útil.

O pároco sai apressado e some na imensidão da igreja, logo ele retorna, aperta as mãos do detetive com um semblante um pouco mais relaxado até esboçando um sorriso.

O detetive beija suas mãos e colocando seu chapéu, erguendo a gola de seu casaco sai apressadamente deixando que pesada porta bata com força.

O Coronel se dá por satisfeito e silenciosamente sai do

seu esconderijo, fazendo um revência a cruz e ao padre e sai tao silenciosamente quanto entrou.

Talvez seja o momento de um encontro casual. mas não agora. prefere mesmo uma tigela de canja bem quente ou uma boa xícara de chá quente e alguns biscoitos a frente da lareira, acompanhado de suas anotações.

Saindo da catedral, sente o baque do vento frio que parece atravessar seus ossos desejando ainda mais o recanto de sua estalagem, então some na densa névoa da madrugada londrina como um fantasma.

No meio do caminho mergulhado em suas divagações, um arrepio que decididamente não e do frio gélido, e a mesma sensação que vem o perseguindo desde que começou suas andanças.

Ele se detêm por alguns segundos avaliando a situação até parece que quem quer que seja, esta tao pero que pode sentir sua respiração.

A neblina densa que o encobre também deixa pouco espaço para sua visão. Também tem poucas opções de uma fuga rápida, o jeito e enfrentar num combate corpo a corpo com seja la quem for. Não que seus dotes de combates sejam ruins, longe disso, sua coxa ferida aliado ao frio extremo dificultarão sua respiração se a luta se prolongar por muito tempo. E também não mais nenhum moço, então deve ser rápido e assertivo. Deixa que se aproxime para fazer seu movimento. Ao ver a esquina, dispara escorando-se na parede aguardando seu perseguidor se revele. Quase quinze minutos se passam e ninguém aparece. Arrisca uma olhadela rápida e não avista ninguém, se estiver por ali deve estar nas brumas. Na lixeira há uma barra de ferro que ele pretende usá-la como arma. Toma folego e salta do seu esconderijo, apenas para se certificar que não há ninguém. Sente-se feito de bobo, mas é melhor do que voltar para casa com alguma sequela de uma briga de rua. devolve a barra para seu lugar e encerra suas aventuras noturnas e retornar para seu abrigo seguro.

Segue o mais rápido que pode para a pensão somente com o fogo da lareira crepitando e um cobertor em sua mente.

# Capítulo 10

Após uma noite de descanso merecido mesmo que seja na cadeira da sala, causando espanto na senhoria, toma uma café rápido e dirige-se para a Scotland Yard. Novamente aguarda o detetive sair e o segue culminando no hospital.

Aguarda que saia e espera até um momento mais propício. Esse momento chega quando esta comendo num carrinho de comida de rua. Se aproxima e "desajeitadamente" esbarra nele, derrubando seu lanche.

*Por São Jorge! Olha o que fiz! Mil perdões cavalheiro. Permita-me cobrir seu prejuízo. Senhor, dê-me dois desse que o meu amigo pediu.*

*Não se preocupe, algumas horas na lavanderia e estarão como novas. Termine seu lanche e vamos dar um jeito nisso, eu pago pelo estrago, é o mínimo que posso fazer.*

Cassidy percebe tem mais algo escondido nesta boa ação. Mas deve seguir o senhor para ver no que dá. Já esteve encrencado mais de uma vez e esta não será nenhuma novidade.

*Que indelicadeza a minha. Permita-me me apresentar. Meu nome é* **William St. James.** *Coronel reformado do Exército de Sua Majestade, por invalidez.*

*Suponho que o senhor deve ter servido ou no continente africano ou em alguma outra colônia britânica. E pelas marcas em seu pescoço, apesar da sua gola alta, posso perceber um queimado do sol. Só posso presumir que esteva também nas Índias, correto?*

*Realmente o senhor é muito perspicaz. Sim esteve nestes e em outros tantos lugares que a nossa presença é necessária.*

Após uma conversa amigável e calorosa sobre o passado de ambos, rumam para o tinturaria e enquanto esperam, se satisfazem com mais dois *pretzels* e chá com leite tentando espantar um pouco do frio.

O coronel decide que é hora de abrir o jogo. O máximo que pode acontecer é ser tachado de louco. Com isso pode conviver. Então lança sua jogada.

*Detetive, gostaria de lhe fazer uma proposta. Tenho um projeto em desenvolvimento e encalhei em um ponto que minhas habilidades não são extensas quanto as suas, ainda assim fiz um bom trabalho. Mas e nesse ponto que eu necessito de uma mente um pouco mais profissional, entende?*

Cassidy olha aquele senhor com num histórico militar invejável tratando de assuntos triviais.

*Eu vou entender se a tarefa for muito mundana ou de pouco valor para gastar sua massa cinzenta à toa. Podemos então apenas ficarmos bons amigos. Pense na proposta e se decidir que vale a pena nem que seja dar uma espiada, estou na pensão da Sra. Paige, acho que o senhor conhece.*

*Certamente. Fiquei um ou dois meses lá enquanto não encontrava um apartamento só meu. Pode deixar, o senhor terá noticias minhas.*

*Ora, vejam. Seu terno está pronto. Não disse que seria rápido.*

*Aqui está, meu bom homem, e mais um pelo excelente serviço.*

Ambos despedem-se cordialmente e tomam cada um seu rumo. Cada qual com seus imersos pensamentos.

# Capítulo 16

Após rever seus relatórios, o detetive dirige-se até a sala do Capitão Walker, batendo em sua porta.

*Entre. Sabe o que deduzi depois de perder meu tempo lendo e relendo os relatórios referentes a pessoa mascarada? Feche a porta, esse assunto não é oficial. Estaremos muito encrencados se descobrirem isto. Evite de conversar sobre isto, e quero dizer que, nem comente com ninguém, estamos entendidos? Estamos andando em um lamaçal e se perdermos nosso foco, vamos nos afogar. Peço que tenha muito cuidado com quem anda e com quem comenta o progresso do nosso caso. Deve ficar só na esfera sua minha e do doutor Oliver.*

*Vai para casa e descanse, se precisar de alguma coisa mando chamá-lo. Agora vai.*

Cassidy sai do departamento aonde vai aquela hora do dia. A noite e para ele uma velha conhecida e mais confiável. Durante todo o dia é muita agitação, sente falta da quietude e da solidão que ela proporciona.

Em suas andanças entra em uma loja de penhores onde vê na vitrine vários relógios de todos os modelos.

O vendedor muito solicito vem ao seu encontro. É um senhor ainda com seu ar tipico britânico. Apesar de ter a tez marcada pela ação do tempo, exibe um ar jovial.

*Gostou de algum modelo? Se quiser pode experimentar. Deixe-me ver seu pulso. Vejamos. Sim, este aqui combina perfeitamente. Coloque no pulso e veja como fica.*

Cassidy meio a contragosto coloca e constata que realmente fica bem com ele. Nunca pensou em posses materiais. Agora Sir Phillip lhe dá uma motocicleta e agora compra um relógio. Certo, ele e usado e talvez não dure muito, mas para alguém que nunca pensou em ter posses até que está se saindo muito bem.

*Veja bem, não posso ficar com ele, por mais que seja do meu agrado. Eu sinto muito. Veja, ele muito bonito e realmente fica bem em mim, mas como disse, não posso ficar com ele.*

*Ora, se por causa do preço, posso dividir em parcelas se for conveniente, para o senhor.*

*Vejo que é um cavalheiro e realmente quer vender um bom produto. Mas correndo o risco de ser indiscreto, o senhor não teria alguma pendência com a lei, teria?*

O homem fica espantado e aliviado em seguida. Pega debaixo de sua vitrine, uma caixa-preta a abre na frente do detetive.

*Como pode ver senhor, estes são meus documentos e se quiser apreciar estão todos em ordem. Deixe-me fazer uma pergunta; o senhor é da polícia?*

Cassidy tira sua funcional com um sorrisinho maroto e mostra sua funcional.

*Scotland Yard, hein? Entendo por que não quer levar o*

*relógio. Garanto é de boa procedência.*

*Eu acredito. E o senhor se mostrou firme na negociação. Até mais, então. Tenha uma boa tarde.*

*Detetive! Antes de ir embora, não esqueceu de algo?*

*Como o que?*

*Seu relógio, não vai levá-lo? Está revisado e limpo. Achei que tinha mandado consertá-lo. Vou ter que colocá-lo na vitrine de volta. É realmente uma pena.*

Sai da loja ainda estranhando o adorno mas gosta dele e realmente faz uma boa adição ao seu visual. Algum tempo de andanças pela "nova metrópole", se da conta do visual mais alaranjado tipico dos finais de tarde. Decide subir por uma escada de incêndio até o topo de um prédio, olha em direção do prédio do parlamento e aprecia de uma vista privilegiada, o entardecer. O vento começa a mostrar seu mal humor tentando atingi-lo, mas Cassidy não move um músculo até que de boas vindas a sua verdadeira amante, a noite. Ela vem rápido e ele fica apreciando-a um tempo, até que se lembra do relógio. Olha e se lembra que o doutor Oliver já deve estar em seu plantão. E também pode passar para dar um olá para a enfermeira Mary. Não lhe custa nada.

Ao adentrar pelo salão de entrada do hospital, para na recepção sendo recebido por aquele sorriso largo. Seu rosto se ilumina quando vê a figura altiva e meio *bruta* do detetive. Uma de suas colegas que percebem a sua distração, dá-lhe um cutucão para que saia dali. A moça sai tentando, sem sucesso, disfarçar suas intenções, fazendo com que eles riem baixinho e até comentem em tom de voz baixo alguma coisa. Cassidy acena com a aba de seu chapéu e sai na mesma direção que Mary, sumindo pelos corredores. Uma hora depois ele retorna ao balcão.

*Boa noite, senhoritas. Poderia chamar o Doutor Oliver, por gentileza?*

*Sinto muito, senhor. Ele não está disponível. Ele está em uma reunião com a diretoria do hospital. E sua reunião mensal. Se o senhor quiser, pode aguardar em sua sala. Eu o aviso quando ele terminar.*

Parece que todas elas são escolhidas a dedo. Quando ela nota seu olhar um pouco mais "atento", ela lhe lança um olhar de desaprovação, fazendo com o detetive fique sem graça.

Um pouco mais de meia hora se passa fazendo que o detetive quase entre em panico pela espera e pelo extremo silencio que impera naquele lugar que mais se assemelha a um mausoléu.

Logo a porta se abre revelando a figura de um professor com sua longa capa coberta de pó de giz e riscada aqui ali.

*Ora vejam, que surpresa detetive. Estava imaginando quando seria que o senhor me daria o prazer de sua visita. Desculpe meus modos, foi um dia exaustivo. Essas reuniões de alinhamento de custos do hospital me mata. Scotch?*

*Gelo, por favor.*

O Doutor Oliver coloca duas generosas doses e juntos fazem um brinde. Ele se senta sem muita cerimonia em um sofá de couro e da um gole, se dando por satisfeito pelo fim do seu plantão.

*A que deve tal honra de sua presença? É trabalho?*

*Nada de mais. Alguns pontos que não se encaixam e antes que eu perdesse a razão, resolvi sair para caminha e colocar as ideias em ordem.*

*Foi quando sentiu que deveria compartilhar com alguém suas dúvidas, suponho.*

*É como dizem, outra mente é sempre bem-vinda.*

*Temo que na minha condição, não seja de grande ajuda. Quero que conheça uma pessoa.*

Oliver dirige-se até sua mesa, e no interfone aperta um botão que a enfermeira prontamente atende.

*Enfermeira, pode mandar minha filha vir ao meu gabinete, por gentileza. Obrigado.*

*Sua filha está aqui? Em Londres?*

*Aguarde detetive. Ouça sua estória. Agora, termine sua bebida ou serei obrigado a lhe ministrar outra dose.*

Em seu estúdio, St. James observa sua teia de cordões cada vez mais complexa. Enquanto se serve de seu chá, percebe que suas habilidades chegaram a um ponto de estagnação. Esta decidido que agora é imperativo que compartilhe suas descobertas com o detetive Cassidy. Pode ser que esteja dando um passo maior que a perna e que ele interprete erroneamente, mas tem que agir o mais rápido possível. Perder tempo com lamurias e conjecturas faz com que o tempo cobre seu preço.

# Capítulo 10

O'Brian relata ao Capitão Walker sobre seu encontro com o tal de Coronel St. James e suas teorias. Nem bem termina o relato, percebe que parece que Walker vira um fantasma de seu passado, causando espanto no detetive.

Logo Walker se recompõe, voltando a sua costumeira postura de autoridade.

*Então o mais lógico seria não encontrar com esse misterioso personagem. E mais, temos que também chamar o doutor, já que ele é também parte interessada neste caso. Sempre foi de grande ajuda e sempre muito discreto.*

*Esplendida ideia, capitão. Podemos "sequestrar" nosso médico e fazer uma visita aonde o Coronel está hospedado. Ate parece que estamos montando um comando para a guerra.*

*Verdade. Uma guerra contra um suposto fantasma. E nem sabemos se é homem ou mulher. Nossa mão está bem ruim mesmo. Vemos esperar que nosso "inimigo" faça sua jogada.*

O trio chega a porta da hospedagem se aglomerando na entrada e apesar de a porta ser larga o suficiente para a entrada se um grande sofá, o mesmo não se pode dizer dos três homens corpulentos. Depois de uma batida ruidosa na sineta, são recepcionados por uma assutada anfitriã.

Cassidy faz as honras já que ele e o coronel já se conhecem. Também faz as apresentações formais.

*Boa tarde, minha senhora. Gostaríamos de falar com o Coronel St. James, se não for incomodo.*

*Ora, claro. Eu acho que o senhor eu conheço. Não estou bem certa.*

*É verdade, eu já fui seu hóspede a muito tempo atrás. Procurava por um lugar para me instalar quando ingressei na polícia.*

*Oh claro. Entrem vou chamá-lo. E já volto. Fiquem à vontade.*

Do alto da escada o coronel os chama para seus aposentos com uma estranha urgência.

Os seus aposentos mais parecem com um centro de comando contendo mapas da cidade rabiscados com círculos vermelhos, riscos ligando algumas localidades. Outros são do subterrâneo, tanto dos esgotos quanto do metro. Linhas desativadas destacadas, anotações de tuneis possivelmente utilizáveis como esconderijo e outros *"pontos turísticos"*. Na parede um sem números de recortes de jornais presos com percevejos e estes amarrados com linhas interligando cada ponto e se encontrando com outros pontos. Algumas linhas simplesmente não tem ligação ou estão rompidas.

Há também uma pilha de cadernetas com fitas de diversas cores indicando os textos com os recortes.

De repente estão todos unidos analisando as

informações e cada qual em um canto em silêncio. Vez ou outra murmuram alguma coisa entre si e trocam informações. Após uma longa noite parece que tem um resumo de suas atividades. Fazem cópias para cada um e distribuem as tarefas para que possam cobrir um distancia maior da cidade.

Após as atividade intelectuais, decidem ir para a sala de jantar para conversar sobre os seus passados e descansar a mente.

Para surpresa do grupo, a Sra. Peige, montou uma mesa digna de reis.

*Acredito que os senhores devem estar com fome. Preparei uma boa refeição para dar mais energia. Se me dão licença, está na minha hora de me recolher. O Coronel pode trancar a porta depois. Obrigado e boa noite.*

# Capítulo 19

Após um dia exaustivo porém recompensador, Cathie retorna para casa de seu pai onde relaxa olhando todas as coisas em seu devido lugar. Antes que possa fazer algo, ouve alguém bater a sua porta. O carteiro lhe entrega um envelope sem marcas. Cathie lhe dá *dois xillings* e se despede retornando para dentro afoita, rasga o envelope, lê seu conteúdo com euforia.

A carta exala um leve perfume sensual que entra em suas narinas e fecha os olhos momentaneamente.

**"Catherine, nosso último encontro foi tão rápido quanto prazeroso. Gostaria de encontrá-la novamente e concluirmos nossa conversa. Aguardo sua resposta ansiosa. M."**

Seu coração dispara e uma onda de calor percorre seu corpo sentindo que vai desmaiar. Como pode uma pessoa que acabou de conhecer causar tamanha confusão de sentimentos, que a simples menção de seu nome é capaz de fazê-la suar?

*É melhor que papai não saiba disso. Catherine Wright, tenha modos.*

Esconde a carta em um fundo falso de uma caixa de joias e se coloca de cabeça em sua rotina diária para esquecer.

Quando o rapaz que entregou a carta para Cathie, desce a rua de volta aos seus clientes, ela o observa de relance a entrar em uma viela. Não dando importância, entra batendo a porta.

Ele caminha com passos relutantes pelo beco mal iluminado tremendo de medo e sem enxergar coisa alguma, temendo pela sua vida.

O rapaz dá um pulo se assustando com a figura vestida de uma roupa preta dos pés a cabeça, o encarando.

*Entregou a carta?*

Como a voz trêmula e reticente o rapaz gagueja afirmativamente.

*Você não abriu a carta, abriu?*

Ele somente maneia a cabeça negativamente com seus olhos arregalados, engolindo seco.

*Eu não abri. Eu juro.*

*No fim do beco tem uma sacola com o dinheiro prometido. Pegue e esqueça o dia de hoje.*

Tateando na escuridão, encontra seu almejado prêmio. Volta para a saída tentando se lembrar do caminho e tendo cuidado de não esbarrar em nada que denuncie sua presença. Quando vê um facho tênue de luz, decide olhar dentro da sacola. Seu sorriso congela e sente algo frio perfurando suas costas. De repente é só silêncio seguido de uma escuridão total.

Ao amanhecer os primeiros raios de sol preguiçosamente abrem espaço com dificuldade dentre as densas nuvens do frio da madrugada, trazendo um certo alívio para os cidadãos diurnos.

Não demora muito para o trânsito caótico se fazer presente e toda sorte de ambulantes e transeuntes se aquecem na pálida manhã londrina.

Os policiais também fazem seu trabalho organizando o trânsito, patrulhando e orientando os perdidos. Um desses patrulheiros está em sua ronda costumeira, entra em alguns becos vigilante quanto a alguns fumadores de opio que se escondem por estes becos. Agora algo em especial chama sua atenção, esperando ver mais um desse infelizes que morrem devido ao vício e nem sentem o corpo congelar, morrem completamente sós.

Este estava como eles, mas seu instinto o obriga a entrar até o fundo daquele deposito de todo tipo de coisas que jogam ali. Não seria de se espantar que deixassem um corpo para morrer sem que ninguém ouvisse seus lamentos.

O que encontra faz seu sangue congelar. Nunca em seus anos de serviço vira algo semelhante. O cadáver estava com uma expressão assustadora. Seu sorriso (se é que se pode chamar assim) estava escancarado e suas órbitas estavam tao dilatadas que era questão de tempo ou um movimento errado, que elas saltassem para fora deixando o quadro ainda mais dantesco.

Imediatamente corre para fora do beco e sopra seu

apito com toda forca de seus pulmões para todas as direções. Em questão de minutos a entrada está apinhada de policiais que imediatamente são colocados a par do ocorrido. Alguns vão ver o dito, mas saem vomitando na calcada de horror. Imediatamente fazem uma barricada e tao logo terminam, já uma pequena multidão se aglomerando dando trabalho para os policiais afastarem a turba da cena do crime. Enquanto comunicam com o fato com a central e logo chegam o Capitão Walker, o Detetive Cassidy e o doutor Oliver. Cassidy reservadamente pega um garoto de uns dez anos e lhe promete uma coroa se for a pensão da Sra. Paige e mandar o Coronel St. James vir com urgência.

Com todo aquele alvoroço, ninguém nota uma figura sinistra escondida em uma sombra estratégica que teimosamente não deixa aquele funesto beco.

Quando percebe que sua posição está para ser revelada, escala graciosa e silenciosamente a tubulação da parede alcançando o telhado e sumindo o mais rápido possível da claridade. Algumas quadras adiante, usa as beiradas das janelas como trampolim amortecendo sua queda um tanto desajeitada, amaldiçoando a si mesma.

*Melody sua estúpida. Precisa focar na missão. Esqueça o resto. É somente distração. Droga, quase morri hoje.*

Antes que o rondante volte, tem que entrar no abrigo arriscando sua localização.

Dentro de seu esconderijo tira seu traje raivosamente e mergulha em sua piscina e reflete sobre suas ações. Por mais que se esforce todos os seus pensamentos se voltam para Cathie.

Se pergunta por que deseja tanto aquela doce menina. Seria fácil demais iludi-la para usá-la para seus propósitos. E depois, o que seria dela?

*Por que ela? Acho melhor terminar o quanto antes que alguém saia ferido.*

Sente no seu íntimo que tem uma certa atração pela moça, mas o momento é de se concentrar em sua missão. Não pode desistir e nem pode deixar que nada interfira nos seus planos de vingança. Não agora que pode estar tão perto de conseguir seu intento. Afunda na água tentando relaxar e se preparar para outra noite.

# Capítulo 20

Todos no gabinete estão chocados pelo brutal assassinato do rapaz naquela manhã. O Capitão Walker convoca uma reunião com o detetive Cassidy e o doutor Oliver, para reunirem seus relatórios preliminares do homicídio.

O doutor Oliver toma a iniciativa e mostra suas conclusões. Seu semblante não inspira muita confiança na sua s conjecturas, mesmo assim as apresenta da melhor forma possível.

*A vítima era* Joseph Fryie. *Mais conhecido pelo apelido de "o entregador". Seu perfil psicológico é quase de uma criança. O típico pau-mandado ou como vocês dizem, o "faz-tudo". Seu Q. I. surpreendente, é uma marca histórica de tão baixo. Como não tenho mais informações sobre seu passado médico, se é que ele tem um, não posso atestar com certeza, mas acredito que ele possua alguma deficiência que causaria seu atraso mental. Sendo um alvo perfeito para todo tipo de aproveitador de sua condição. Fora isto, não tenho mais nada a acrescentar. O sujeito poderia passar desapercebido em uma revista da polícia por parecer inocente.*

Walker está com uma expressão que mescla frustração e raiva. Ele olha para Cassidy rezando para que ele tenha mais informações de alguma valia.

*E você Cassidy, o que acha sobre esse tal de Joseph? Você esteve um bom tempo nas ruas e, com certeza, deve ter, pelo menos, cruzado seu caminho uma dúzia de vezes.*

Cassidy se levanta com uma certa reverencia, dirigindo-se para a porta, apenas coloca a cara para fora da porta e acena.

*Entre garoto. Fez o que eu pedi?*

*Sim senhor. No começo ele foi um pouco rude, mas quando disse seu nome e quem é o senhor ele veio de bom grado.*

*Então pode pedir que entre, por favor.*

O garoto sai em disparada e alguns segundos depois,

aparece na porta do gabinete com a figura do Coronel St. James.

Cassidy afaga seus cabelos engrenhados e gordurosos como não se importasse muito com isso.

*Aqui está o prometido. Uma coroa. Agora vá comer alguma coisa na barraca lá em frente. Se o vendedor negar, diga que foi o detetive Cassidy que o mandou. Agora vai.*

*Obrigado senhor. Se precisar de qualquer coisa, estou no orfanato da rua **1234**. É um bom lugar, até deixam a gente sair de vez em quando. É só não quebrar as regras.*

*Eu sei meu jovem, eu sei. Agora vai.*

*Eis meu relatório. Coronel St. James, pode fazer as honras?*

*Obrigado, detetive este tal de J. Frye cometia pequenos furtos, quando lhe dado um serviço sempre terminava, não importava o que custasse, talvez por querer ser respeitado no mundo do crime, sua única família. Não era uma pessoa violenta, mas com aptidão arrumar confusão sempre com as pessoas erradas, mas sempre era salvo por alguém que pagava sua fiança. Conversei com alguns sujeitos que dividiram moradia com ele em outras delegacias e me disseram que o sujeito mal falava, quieto demais, mesmo quando provocado. Dormia quase que o tempo todo. Acreditavam que era uma forma de passar uma temporada no "xadrez" para escapar do frio e ter refeição garantida. O sujeito era praticamente um livro aberto, sem muitos mistérios, pouco falava de si. Resumindo, ele uma fantasma. Perfeito para serviços de "entrega".*

Walker se afunda na cadeira olhando para o coronel, que até o momento estava apenas digerindo as informações.

*E o coronel tem algo mais a acrescentar?*

*Com certeza. O detetive me pediu para procurar informações em lugares que a polícia não pode ir. Pois bem. Eu fiz um resumo detalhado sobre as atividades desse jovem. Acredito que a leitura vai ser bem interessante. O que posso adiantar é que esse "pobre coitado, não é tao pobre e nem tão pouco coitado como acreditam. Arrisquei alguns bons disfarces, mas valeu a pena.*

Ele vai ate o mapa do gabinete de Walker e aponta um lugar específico.

O grupo fica admirado com a localização. E em umas das mais nobres áreas de Londres.

*Como pode ele se parecer tao desprezível?*

*Veja bem, capitão. Não é o disfarce perfeito? Nem eu pensaria em algo tao complexo assim. Demandaria anos de prática e uma imensa quantidade de recursos para construir uma vida assim. Agora fica mais evidente que quem o queria morto e alguém da "alta-roda". Mas porque se arriscar em esfaqueá-lo em uma área central. Não seria mais fácil atrai-lo para um lugar mais usual da vítima e sumir com as evidências. Veja bem, não quero desmerecer o trabalho policial, mas olhe para o contexto mais amplo, quanto tempo demoraria para um mandado ser expedido e mais, será que teriam permissão para vasculhar cada centímetro de uma mansão de um aristocrata, e se achar alguma prova, não podem confiscar nem um garfo de prata sequer. Parece que cada vez damos um passo a frente, volta e meia, damos dois para trás. E nada faz sentido.*

Todos ficam mais decepcionados pelas respostas serão mais perguntas. Acham que realmente estão como aquele pobre rapaz, em um beco escuro.

Walker se levanta, apoia-se na mesa com seus punhos firmes e olha para aquela infinidade de informações sem direcionar em nenhuma em particular.

*Algumas questões devem ser levantadas antes de mais nada. Primeiro, porque ele estava no beco? Segundo, o que tinha de de tão precioso na sacola? E terceiro, quem o apunhalou pelas costas sem que notasse que estava sendo seguido?*

*Se me permite capitão, acho que está mais que na hora de colocar o coronel a par de todo o caso. Ele pode ter mais algumas pistas e pode atuar mais livremente do que nós, não concorda?*

Walker se vira para o coronel perscrutando-o de cima a abaixo.

*Tudo bem. Tem uma coisa, o cavalheiro pode ser um civil, mas não pense que pode transgredir a lei. Faça o que fizer, não quebre nenhuma lei ou vou alegar ignorância sobre sua pessoa, estamos entendidos?*

O coronel esta acostumado com homens no comando que realmente fazem valer sua autoridade, mas Walker consegui fazer seu sangue congelar. Esta aí um que não vai querer como inimigo.

*Sim, senhor. Coronel William St. James ao seu dispor. Pode contar comigo.*

*E Cassidy. Você sabe que nada das suas descobertas tem valor legal, certo?*

*E apenas para apertar ainda mais as rédeas. Estou ciente*

*disso.*

*Então estamos acertados. Vamos ao plano. Temos uma sala que raramente utilizamos, podem usá-la o quanto quiserem, mas sejam discretos. E coronel, se quiser pode trazer suas anotações. Como disse, sejam discretos. Bem já que terminamos com nossos assuntos oficiais, e mais que justo que molhemos nossas gargantas. Cassidy, pode fechar a porta, por favor? E fecha também a persiana.*

Walker tira de sua gaveta grande, alguns copinhos que dispõe na mesa e também uma grande garrafa de *scotch* intocada, que ele abre e enche os copinhos sob os olhares voluptuosos dos presentes.

*Brindemos ao nosso Comando. Saúde!*

Passam o resto da noite entre assuntos triviais e algumas doses. A garrafa está quase no final sinaliza que devem se retirar, quando Cassidy pede para aguardar, para espantos de todos.

Ele pega de uma prateleira um potente binoculo e vai até a janela. Enfia entre as lâminas, as lentes.

*Capitão, acenda só as luzes de ambiente e desligue o resto.*

Assim Walker o faz deixando tudo em uma penumbra

misteriosa.

*Mais com que diabos esta preocupado, homem?*

*Calma capitão, da última vez fomos seguidos desde o momento que saímos pela porta afora até quando retornamos para cá. Parece loucura, talvez seja panoia. Ora vejam. Achei você. Nunca falha. Coronel, o senhor tem um binoculo, não?*

*Claro. Um item indispensável.*

*Então aponte para aqueles telhados a esquerda daquelas chaminés. Já o viu?*

*Achei ele. Tenho ele na minha mira.*

*Então fique com ele. O que ele fizer não o perca de vista, acredito que vai para leste, então será possível vê-lo em ação pela primeira vez.*

*Ora, por que você diz isto? Como pode ter tanta certeza para onde ele vai? Cassidy?*

Quando se dão conta, o detetive esta atravessando a rua, saltando entre automóveis, desviando dos passantes, indo no encalço daquela figura da noite. Desta vez não fara o seu jogo. Tem outros planos.

*La vamos nós de novo.*

Walker e o doutor, riem um para outro, deixando o coronel confuso. Não dá atenção aos dois e fica concentrado em suas ordens.

Cassidy tomas um atalho por uma viela e corta caminho para a área das docas. Sobe por alguns caixotes a alcança um grande telhado que o faz ganhar tempo valioso, cruzando o caminho daquela figura assustando-a. Dá-lhe um encontrão tão forte que joga seu pequeno corpo a uma distância considerável. Mal pode se levantar, segura seu braço com um grito de dor excruciante.

Novamente a impressão é que a voz é de uma menina. Ele fica chocado e uma ideia vem a sua mente, deixando-o claramente desconcertado.

*Cathie, é você?*

Novamente os segundos de sua hesitação dão tempo para que a figura saia dali facilmente, enquanto o detetive fica estático tentando absorver seu horror.

Ele refaz o caminho de volta ao departamento querendo que sua caminhada nunca termine.

# Capítulo 21

Ao amanhecer o capitão divide as pastas com as pistas para uma forca tarefa que interagem uns com os outros, cada qual indo a uma pista falsa ou alguma informação que não dava em nada, frustrando a todos. Ao final do dia, exauridos e pouco esperançosos por não conseguirem ver uma pequena informação sequer.

Cassidy continua sua busca em outros lugares da cidade que as pistas não apontavam, como se as pistas fossem plantadas propositalmente, resmungando para si.

*Se descartar o impossível, o que restar é possível.*

Cansado de perambular sem destino, decide sentar-se ao lado do lago da fonte em Trafalgar Square, para alimentar aquelas criaturas aladas e refletir sobre tudo que se passou ate ali.

Observa que o dia vai sumindo e que os acendedores dos postes sempre vigilantes de suas funções, acendem com seus candeeiros a iluminação pública.

De repente sua percepção dá-lhe um aviso de que não está mais sozinho. Em vez de se virar para descobrir que está com ele, luta contra esse desejo e tenta aparentar calmo e distraído.

*Ainda não entendeu, detetive? Vocês só vão me encontrar quando **eu** quiser e nem um minuto antes. Aguarde mais um pouco, Cassidy. Está chegando o tempo de revelar minhas intenções e minha identidade. Até lá, eu estou com o baralho nas mãos e darei as cartas quando achar que for o momento. Vá para casa ou para os braços de Mary. Ela é uma boa moça, às vezes meio birrenta, mas, mesmo assim, uma boa moça. Vai te fazer bem.*

*Boa noite, Cassidy. Você está precisando descansar. Você está um trapo.*

Surpreso dela saber tanto de sua vida. Sente-se como uma marionete. Está sendo usado desde que entrou nesse jogo, se é que ele está no jogo.

*Olha aqui, mocinha se você acha que vai me usar como um peão, está muito enganada.*

Súbito, vira-se para encará-la e percebe que está só a algum tempo. Somente os pombos ficam gorgolhando como se pedissem por comida. Num ataque de raiva, Cassidy se levanta espantando-os, causando uma revoada ruidosa. Atravessa a nuvem desses bichos com as mãos enfiadas nos bolsos das calças e com o chapéu enterrado na cabeça, em direção ao seu apartamento.

Adentra e bate a porta arrancado seu casaco, jogando de qualquer jeito. Joga-se no sofá para ter um sono imediato e sem sonhos.

No dia seguinte, o cheiro do *pão com cerveja* diz que está na hora de acordar. Passa no padeiro que lhe dá um que acabou de sair e segue para o trabalho. Na entrada da sala dos detetives, um entregador o aguarda com alguns papéis para que assine.

*Detetive Cassidy O'Brian?*

*Sim, sou eu.*

*Uma encomenda para o senhor. Ela está na garagem. Pode*

*me acompanhar, por favor?*

Ele assina os papéis e entrega para o rapaz, que lhe devolve um envelope com algo pesado.

*Ela é toda sua. Faça bom proveito.*

Cassidy fica por alguns instantes atônito observando cada detalhe daquela máquina incrível. Suas linhas, suas formas. Para ele é inconcebível como o homem construiu aquela coisa intrincada, cheia de peças que não fazem o menor sentido para ele e como tudo funciona em perfeita harmonia. Cogita um dia levar Mary para dar uma volta, mas antes deve praticar basteante.

Rodeando a motocicleta como se estivesse em um primeiro encontro, seduzido pelo seu brilho impecável.

Ele volta a realidade, quando alguém grita seu nome. Walker está com as chaves dela, jogando-as em sua direção, que ele a agarra com firmeza.

*Sabe pilotar?*

Cassidy senta-se nela e com a chave no contato, aciona a partida como fosse intimo. O ronco forte preenche o ambiente causando espanto e admiração nos presentes. Aciona a marcha e arranca da garagem se enfiando no meio do trânsito, assustando os pedestres. Todos que estão na via, inclusive os que estão nos coletivos, testemunham a cena bizarra. Alguns guardas percebendo que é Cassidy param o trânsito e vigorosamente agitam seus cassetetes o saudando.

Ele retorna ao fim da tarde, sob aplausos dos colegas, que se confraternizam efusivamente. Ajudam ele a guardá-la e cobri-la com uma lona. Todos se reúnem em volta dele o enchendo de perguntas sobre os detalhes daquela maravilha mecânica.

Os dias subsequentes passam sem muitas novidades e numa tranquilidade sem para, ate mesmo as investidas da figura noturna tem ficado mais raros.

Cassidy, St. James e o doutor Oliver, tem mais tempo para se reunirem ora no pub ou no apartamento de St. James. Ficam horas a fio conversando sobre suas estórias heroicas, sempre regado a um bom brandy que a Sra. Paige guarda para horas como essa. As vezes ela mesma se junta a eles para contar sobre seu marido. Por vezes atravessam a madrugada jogando conversa fora, o que ajuda a aliviar a tensão para os dias negros vindouros.

# Capítulo 22

No gabinete, sentado a vontade no sofá, brincando com Smiley como se fossem velhos amigos, enquanto o capitão observa um envelope timbrado com o selo oficial e selado, com uma grande carimbada em vermelho para apenas leitura e destruição.

O capitão quebra o a quietude, ouvindo-se apenas o rosnado leve do buldogue ante as investidas do detetive, provocando-o.

*Você sabe o que isto significa?*

O capitão dirige-lhe um olhar frio agitando levemente o grande envelope.

*Imagino que pela sua reação ao olhá-lo por tanto tempo, deve ser algo que não é uma correspondência regular, e algo realmente digno de nota, para ter sua atenção por tanto tempo. Arrisco-me a dizer que está com mais medo de abri-lo do que curiosidade.*

*Correto. Infelizmente não posso abri na sua frente. Sinto muito, mas desta vez não vou poder dividir esta informação, entendido?*

*Perfeitamente. Nem posso contestar. Temos nossas obrigações.*

O'Brian faz uma longa pausa e coloca o cachorro de volta ao seu canto e afaga sua cabeça, voltando sua atenção a Walker.

*Então qual e a urgência?*

*Antes de continuar devo pedir duas coisas. Primeiro feche a porta e segundo, que o que vou dizer arruinaria nossas carreiras e nossas vidas, será que fui claro?*

*Claro como água.*

*Pois bem, sente-se e preste muita atenção. Esta informação ainda não foi oficializada, mas vamos passar por algumas mudanças que isto fique claro.*

Walker quebra o lacre e retira de dentro um documento com várias páginas, e lê em tom baixo algo que está em destaque.

*"Para todos os efeitos, as instruções DEVEM ser executadas à risca sob pena de sanções.*

*TODAS as investigações relevantes ao Vigilante Noturno devem cessar imediatamente a partir desta data. Todo material deve ser arquivado e somente estará disponível com ordem expressa.*

Sir John Phillp Scott III

Secretário da Justiça de Sua Majestade.

*Não devemos desacatar uma ordem direta, não é mesmo Capitão?*

Walker o encara tentando entender o que se passa em sua mente.

*O que você está tentando dizer, Cassidy. Você não está tentado a descumprir esta ordem, está? Repito, nossas carreiras e nossas cabeças estão em jogo. Cuidado até com que cogita.*

Walker faz uma pausa e seu olhar é ainda mais incisivo.

*Tudo bem, estamos apenas conversando, nada de mais.*

*Certo. Como dois amigos em um pub.*

*Por mim, tudo bem. Desde que esse assunto não deixe esta* sala.

*Vamos a minha teoria: porque um recém-empossado daria em seu primeiro despacho uma ordem dessa magnitude? Porque ele se importaria tao ferozmente com uma investigação que, concordo que esteja demorando mais que o necessário, mas convenhamos que não envolve nem o MI-5 nem o MI-6. E apenas um sujeito (seu sexo ainda é um mistério). Será que "ele" ou nos corremos perigo? E agora vem o mais assustador: será que e o caso, numa analogia, que o bombeiro seja o causador do incêndio?*

Um silêncio sepulcral se instala naquele pequeno espaço. Apenas para deixar o ambiente ainda mais pesado.

Os dois homens apenas ficam em seus lugares envoltos nas brumas de seus pensamentos.

Após um tempo ambos se ocuparem com tarefas apenas para passar o tempo, o capitão mexendo em seu arquivo e Cassidy brincando com o buldogue. Walker senta-se na beirada de sua mesa, fitando Cassidy, vez ou outra afaga a cabeça do cachorro que se mostra como se tivesse ganhado na loteria.

*Se eu não conhecesse bem Sir Phillip até poderia concordar com você. Não há uma única pessoa com uma índole mais correta. Pode ter vivido sua juventude como um playboy inconsequente, mas com os diabos, não tivemos nossa cota de inconsequência também? Hoje estamos aqui defendendo esta cidade e o que ela representa, para torná-la um pouco mais civilizada. Eu o conheci bem jovem e o vi se transformar de um fanfarrão em um cavalheiro. Não! Definitivamente não possa acreditar que esteja, neste momento crucial de sua vida, usar de seu cargo e influência por um mero capricho. Não é este tipo de homem.*

*Sabe, vou te contar uma coisa que só os de seu círculo mais próximo deve saber. Ele perdeu um irmão mais velho que ele tinha como um espelho, uma admiração digna de nota. Eram tao apegados que se não fosse a diferença mínima de idade, poderiam ser gêmeos, tamanha era a conexão. A sua perda teve um abalo tao forte em sua vida que se tornou recluso por mais de um ano. Foram tempos difíceis. Depois disso ele moldou sua personalidade e se empenhou nos negócios da família e se pôs a frente de diversos projetos de sucesso. Posso atestar categoricamente que ele é emocionalmente equilibrado. Se quiser pode perguntar ao Doutor Oliver, ele lhe dará o mesmo testemunho.*

Dando-se por satisfeito, Cassidy sai do gabinete com o intuito de preencher algumas lacunas. Passa pela sala de interrogatório, vê alguns policias carregando, literalmente, um homem franzino com sinais de luta corporal.

*Este deu trabalho?*

*Não fomos nos, senhor. O que fizemos foi salvar sua vida antes que ficasse em pior estado. Se não tivéssemos interferido, talvez o caminho para este pobre-diabo seria o necrotério.*

*Vamos levá-lo ao xadrez para descansar. Se quiser falar com ele, volte em um ou dois dias, ate la sera apenas mais um joão ninguém.*

Entra na cela e examina o moribundo na hipótese de reconhecê-lo dos avisos de procurado sem sucesso.

*Muito bem rapazes, me avisem quando ele voltar do mundo dos sonhos. Acho que devo uma visita ao meu medico.*

Sua primeira parada e na recepção anunciando sua presença. As moças já sabem que ele está ali para ver o doutor

Oliver, então não fazem cerimonia e vão avisá-lo da presença do detetive.

Este se senta em uma cadeira na recepção e folheia umas revistas sem muito interesse, apenas para passar o tempo.

Uma das enfermeiras chama sua atenção e antes que ela diga algo, sai em disparada rumo ao escritório do médico. No meio do caminho e interceptado pela enfermeira Mary que o encara libidinosamente, exibindo todos seus atributos. Certificando-se que os corredores estão vazios, ela agarra sua lapela, puxando-o contra seu corpo, dando-lhe um beijo, surpreendendo o pobre Cassidy. Logo relaxa e retribui o carinho.

*Nossa detetive, se nos pegarem fico sem emprego na mesma hora. O senhor precisa se controlar.*

Ambos riem nervosamente enquanto a moça se recompõe. Quando está de saída, ela dá um tapinha nas nádegas dele, deixando-o constrangido.

Rapidamente alcança o bebedouro, jogando um pouco de água gelada no rosto, espantando os passantes retornando a seu semblante habitais taciturno.

*Ola doutor, o senhor teria um tempinho para visitar um de nossos convidados, acabou de chegar e talvez necessite de sua assistência.*

*Devo levar meus instrumentos?*

*Não desta vez, sinto muito em tirar a graça de seu trabalho. Creio que apenas sua intuição e algumas perguntas serão mais do que o suficiente.*

Na saída passa pelo balcão de informações, as enfermeiras estão atoladas em meio a pedidos médicos e relatórios, O'Brian apenas cumprimenta cordialmente e atravessa o corredor para a saída. Uma das colegas sussurra no ouvido da enfermaria Mary que sai em disparada alcançando o detetive e agarra seu braço puxando-o para outro corredor menor. Encosta-o contra a parede e sem perder tempo envolve seus lábios contra os dele, de tao desligados da realidade que nem reparam que são observados pelo Doutor Oliver que aguarda pacientemente que terminem a contenda.

*Poderia me devolver minha funcionaria por um instante? Amanha ela vai folgar e poderão se encontrar com "mais calma".*

Mary visivelmente enrubescida se desculpa com o velho medico e retorna a seus afazeres. Sai apressadamente ante os olhares dos cavalheiros, quase perdendo o equilíbrio do seu salto.

Oliver volta sua atenção ao detetive com um olhar de reprovação como um pai ralhando com seu filho.

*Detetive, até agora vocês tiveram sorte. Tenham cuidado da próxima vez. Se quer meu conselho, segure seus instintos. Terei a mesma conversa com ela. Até amanhã.*

No dia seguinte Oliver está na delegacia e é recepcionado pelo sargento do plantão que o acompanha até a cela onde já se encontram Walker, Cassidy e dois policiais dentro da pequena cela encarando o moribundo.

*Ola!* - cumprimenta o detetive puxando uma banqueta que trouxera previamente para aquele evento. - *Seja bem-vindo ao primeiro dia do resto de sua vida. Richard Conrad, você está oficialmente morto em uma fuga dos nossos valorosos agentes da Lei. Pode pensar em um novo nome, mas isto pode ficar para outra hora. De agora em diante você seguira estritamente minhas ordens e por Deus, se ousar escapar, sua sepultura sera ao lado de Richard. Sera que fui claro?*

Richard com os olhos esbugalhados e acossado em sua rústica cama rodeado de policiais, apenas assente positivamente com a cabeça.

*Fantástico! Agora senhores, preparem nosso rapaz para uma pequena incursão.*

Um dos policias, com um sorrisinho sádico, enfia um capuz preto em sua cabeça.

*É sério isso?*

# Capítulo 23

Finalmente Cathie se instala em definitivo numa ala desativada bem ao seu gosto. Silencioso o suficiente para trabalhar sem interrupções. O local já foi palco de diversas cirurgias em tempos obscuros, na época que o asseio e a ética passavam longe daqueles corredores escuros e malcuidados. Alguns equipamentos ainda permanecem como testemunhas inertes e silenciosas de outros tempos.

Ela faz daquilo um pequenos museu organizando em uma velha estante, dando um toque de charme tétrico e finalmente chegam seus livros e equipamentos. Verdade seja dita, a moça está tão entusiasmada como uma criança que vai passar o fim de semana em *Brighton Pier*.

O salão está agora repleto de vidrarias, potes com

diversos tipos de soluções de diversas cores. Enquanto ela dá os últimos toques, seu pai entra sorrateiro inspecionando cada item com uma curiosidade animada. Checa os progressos dela em arquivar seus trabalhos e se impressiona com seu nível de organização, meticulosamente arranjado.

Cathie se surpreende com sua presença, e abandona tudo para lhe dar um abraço afetuoso.

*Bom dia, papai. O que o senhor acha?* Fala como uma criança e anda pelo recinto com se dançasse, estasiada com sua mais nova conquista.

*Primeiramente, meus parabéns. Não achava que este lugar ainda teria serventia. Estou realmente impressionado com o que você fez com este lugar.*

O velho médico ainda esta pasmo percustando cada centímetro do lugar.

*Outra coisa, papai. Há algumas portas que estão trancadas. O senhor não saberia onde estão as chaves, se não for incomodar.*

*Acho que não, minha querida. Estas fechaduras parecem que estão aí desde a Idade Média. Talvez você deva chamar um chaveiro e substituí-las de uma vez.*

*Talvez tenha razão. E ademais estou com pressa porque na segunda-feira vão chegar alguns equipamentos e não terei onde guardá-los, são muito delicados.*

*Mas chaga de falar de trabalho. Venha, sente-se aqui e me acompanhe com conversar tolas e um chá com leite bem quente.*

*Nada me daria mais prazer. Boa companhia e chá.*

Após uma conversa animada que espanta qualquer maus fluidos. O doutor retoma a sua postura costumeira.

*A propósito querida.* - Faz uma pausa depositando sua xícara na mesinha improvisada e se ajeita em sua cadeira fitando seus olhos com se os visse pela primeira vez.

*Tenho um desafio para você.*

A garota toma um gole de seus chá sem desviar sua atenção dele.

*Adoro desafios. Envolve um crime sem solução?*

*Não é para tanto. Use seus dons e seus livros para traçar um perfil social de um recém-chegado. Sempre estamos a dois passos atrás dele. Então, dito isso, talvez com sua ajuda, possamos ficar a dois passos dele sem que ele note que está sendo usado. Entende a importância disto. E adiciono que isto e extremamente sigiloso, seja o mais discreta possível. Codifique se for necessário.*

A garota está estupefata e arfa o peito como se ganhasse o prêmio grade.

*Francamente, esta é uma especialidade que tenho desenvolvendo há algum tempo, papai. Mas tem razão. Tenho que ser precisa na geração dos dados. Farei o meu melhor.*

O médico se despede com a certeza que a sua garotinha não o decepcionará. É muito inteligente e capaz.

Já é noite quando Cathie chega em casa, nota um envelope no chão do hall da entrada.

Ela pega e olha para a rua talvez ainda encontre carteiro, mas desiste e volta para dentro apenas para revelar um corredor vazio. Se desvencilha de suas roupas rumando para seu quarto. Com as roupas em seus braços, abre a porta com o cotovelo, se assustando com uma sensação que já sentira antes mas não consegue se lembrar de onde. Um odor marcante porém agradável invade suas narinas fazendo seus sentidos se confundirem causando uma tonteira e ao mesmo tempo um prazer quase inenarrável.

Joga as roupas no chão e apressadamente rasgando-o

com uma ansiedade quase infantil.

Atira-se na cama de bruços observando aquela caligrafia que parece de uma mulher bastante culta e decidida. Alguns tremores e pausas fazem crer que ela está a ponto de desistir, só para continuar da onde parou, causando uma interrupção no pensamento. Algumas partes do texto sente que fala com o coração, em outras partes, ela tenta ser mais fria e objetiva possível sem muito sucesso. Seria justo dizer que a moça em questão, esta abrindo seu coração. Sente uma dualidade em seu texto. Uma luta para se declarar mas algo mais forte a impede de se abrir completamente. É como uma maravilhosa flor que se recusa a mostrar suas lindas pétalas com medo de que o calor do Sol vá queimá-las.

Cathie teme que tudo não passe de invencionices de sua mente juvenil então se acalma e relê a breve carta. Novamente sua mente divaga e acrescido do perfume discreto mas enebriante seu coração volta a palpitar em seu peito fazendo com que fique arfando. Retomando o seu controle sente uma vergonha tomar conta de si e afasta a carta colocando-a sobre o criado-mudo.

Ele devaneia sobre a identidade da mulher. Desejosa em encontrá-la para expor seus sentimentos e colocar os *pingos nos is.*

Retoma a carta mas desta vez a dobra com extremo cuidado e coloca dentro de seu diário, fechando-o com uma pequena chave decorada com um coração.

Observando por um instante, diz em voz baixa e rouca para si mesma.

*Que coincidência peculiar. Talvez deve ir ao mesmo café que estive outro dia. Quem sabe não a vejo por la.*

Entre seus devaneios a jovem Catherine dorme e entre seus sonhos esta diante de uma figura feminina muito parecida com ela. Apressa seu passo mas cada vez que se aproxima, mais turva vai ficando a imagem ate que fica completamente irreconhecível, apenas uma mancha negra disforme indo ameaçadoramente ao seu encontro, ate que a alcança e a envolve em sua escuridão.

Cathie acorda atônita de seu pesadelo e se coloca em sua rotina afastando aqueles pensamentos tenebrosos.

O doutor Oliver já se encontra na sala em seu desjejum

lendo seu periódico como de costume. É Cathie que quebra o gelo.

*Papai, eu vou mais tarde para o hospital, se o senhor não se incomodar.*

Esse pedido a pega desprevenido, mas cede a ele.

*Ora, querida. Posso ser um velho e talvez um pouco obtuso no que concerne nos assuntos femininos mas eu entendo que há uma fascinação quase magnética entre uma mulher e uma liquidação na Harrolds. Está tudo bem com você, não?*

*Oh, não. Eu queria mesmo era aproveitar um dia comigo mesma. Apenas perambular pela loja, nada demais.*

A jovem esboça um sorriso franco e largo que aquece o coração do velho médico. Ela abraça seu pai quase o sufocando.

*Oh, papai. O senhor é tao gentil.* - dá-lhe um beijo carinhoso na testa e afaga seus ralos cabelos brancos olhando-o intensamente.

Ela aguarda que ele tome a *cabriolé* que o leve para seu destino. Quando dobra a esquina, Cathie corre para seu quarto ansiosa para seu encontro secreto. Um tailleur azul claro com detalhes em branco e uma saia até os joelhos combinando. Veste um sapato beje com detalhes de pedraria. Coloca uma chapéu tipo calota ornado com uma singela pena multicolorida. Finaliza calcando um par de luvas imaculadamente brancas que vão apenas ate seu pulso.

Uma última vez ela se olha no espelho, checando os detalhes e se sente radiante.

Feito um raio, desce as escadas para o corredor da entrada e logo alcança a calcada fazendo um sinal chamando um táxi, rumando para a sua confeitaria preferida.

Ela se sente na parte externa deixando bem a vista. De um chá com bolinhos só para aguardar sua companhia.

Espera por mais de uma hora já se sentindo desconfortável e possivelmente feita de boba em acreditar que ela realmente viria. A *servi cise* lhe traz algumas torradas com pate e uma água. Deixando a cada minuto ainda mais ansiosa.

*A senhorita está aguardando alguém?*

*Sim. E por favor poderia anunciá-la discretamente? Obrigada.*

*Perfeitamente. Com licença.*

Cathie está se sentindo uma boba tal como uma criança aguardando para abrir seu presente.

*Só vou aguardar mais quinze minutos, depois disso vou embora.* - resmunga.

Tão apavorada com sua situação, que nem percebeu um envelope sobre sua mesa. Rapidamente percebe um odor familiar impregnando suas narinas deixando-a mais relaxada. Ela o abre sobre seu colo, retirando de seu interior um pequeno cartão.

**"Você esta linda. Saia e me encontre do lado de fora. Duas buzinadas será o meu sinal."**

Do lado de fora, olha para os dois lados da calcada e ouve o sinal bem na esquina. Uma garota ao volante de um Bentley 3 litros verdes com o motor rosnando soltando uma fumaça pelo proeminente escapamento, faz um sinal para que se apresse.

Uma pequena multidão se aproxima para ver de perto a pequena maravilha e uma moça ao seu volante.

Cathie encabulada vê as feições da moça com um sorriso malicioso e um olhar carregado de desejo. Ela se assusta no principio mas ignora todos os seus sinais de alerta e se deixa levar pela aventura.

*Entre, querida. Londres é nossa hoje.* - finalizando a frase, afunda o pé no acelerador, deixando marcas do pneu no asfalto, assustando os pedestres.

Desembesta furiosamente pelas ruas e vielas arrancando chiados dos pneus. O motor parece uma fera selvagem que estava enjaulada e finalmente conseguiu sua liberdade, despejando sua fúria por onde quer que vá.

*Coloque isto, querida.* - Melody dá a moça óculos de piloto para sua segurança.

Sente-se mais confiante com seu sorriso genuíno.

Melody acelera ainda mais, passando as marchas como uma profissional, deixando para trás apenas um rastro de fumaça e borracha.

Sua condução é ao mesmo tempo imprudente e precisa, tendo controle total sobre a máquina.

Desviando dos obstáculos que ela mesma coloca na sua frente, Cathie pode jurar que a moça expurgou todos os seus fantasmas e esta em estado de graça.

Ela percebe que está perdendo toda diversão e faz o mesmo entrando no espírito.

Percebe também que tudo aquilo foi feito para ela assim como Melody foi feita para ela.

Ambas desfrutam de um fim de tarde maravilhoso que ambas jamais esquecerão.

Melody a deixa e aguarda que entre. Seu pai a aguarda na sala com um ar de reprovação.

*Papai, eu....* - nem bem começa, ele a interrompe.

*Querida, se tiver que sair e não tiver como voltar, ligue para o hospital. As moças da recepção pegam todos os meus recados profissionais ou não. Eu só não quero perder você. Você esta sendo minha pedra fundamental. Estou velho demais para passar por isto de novo. Talvez eu não suporte outro baque desses.*

*Não me importa se é só uma amizade ou outra coisa. Só quero que não caia em nenhum tipo de armadilha. Pessoas mal-intencionadas tem aos borbotões por aí. Agora se me permite, eu vou me recolher que amanha tenho algumas aulas. Boa noite, Cathie. Vá dormir você também.*

Cathie vai para seu quarto arrependida, torcendo não

ter perdido a sua confiança.

*Cuidado, Catherine. Tenha mais cuidado no que faz. Não pode perder o controle.*

Em sua cama recorda dos momentos maravilhosos de seu dia e aos poucos pega no sono, com a imagem de Melody e seu sorriso jovial.

Ao amanhecer, as pessoas chagam aos poucos no departamento, cada qual assumindo suas funções até que pareça um organismo vivo.

A cidade também acorda preguiçosamente com seus sons característicos tomando lugar da calmaria noturna.

Em seu gabinete, o Capitão Walker segue seu caminho entre os departamentos, rumando para sua sala. Imediatamente o ajudante de ordens entra e deixa em sua mesa as correspondências oficiais. Toma seu chá para começar mais um dia. Em uma curiosidade, vai ate o hall dos detetives, apenas observa todos ocupados que nem notam sua presença, nem que isto, apenas fica em silêncio.

Retorna para sua sala, focando em seu trabalho solitário. Analisando as ordens do dia, se depara com um envelope do alto-comando. Abrindo o lacre oficial, não encontra nenhum carimbo, entendendo que não é um conteúdo sensível.

Cassidy passa pelo corredor e bate de leve na porta de Walker.

*Algum problema, Capitão?*

*Não. Por favor, já que você está aqui, entre. Você pode trazer o doutor Oliver ainda hoje aqui? Tem certa urgência.*

*Sim senhor. Pelo som do galope, é uma manada.*

O'Brian sai pensando como vai convencer o doutor ou se simplesmente o arrasta e pronto.

Duas horas mais tarde, estão presentes Cassidy e o doutor, que assumem seus lugares como se tivessem cadeiras cativas.

*Antes de começarmos, tenho que dizer que não é um assunto sensível, mas rogo a todos que o que for dito aqui, não tome os corredores, posso contar com vocês?*

Faz uma pausa que deixa os presentes assutados e curiosos pelo seu conteúdo. A apreensão está no ar.

Walker se levanta em um tom cerimonioso e lê a carta de forma extremamente formal.

*"Tenho o prazer de anunciar formalmente e de forma irrevogável, que o agora Capitão George Walker, que a partir da emissão desta, seja promovido para o cargo de Comissario de Polícia.*

*Com os cumprimentos,*

*Sir John Phillip Scott III.*

A notícia pega de surpresa seus amigos, que ficam sem reação entreolhando-se.

Cassidy fita seu amigo e superior e relembra de todos os momentos que passaram até culminar naquele momento. Então exibe um sorriso diferente do que se costuma ver nele. Um sorriso de satisfação e cordialidade. É o primeiro a quebrar o gelo.

*Ora, então devemos parabenizá-lo. E uma oportunidade que não ocorre todos os dias. Na minha humilde opinião, devera mesmo aceitar.*

O doutor timidamente, não acostumado a

comemorações e muito menos surpresas, vai até Walker a aperta-lhe as mãos firmemente.

*Com certeza. Uma promoção desta valia não é de se jogar fora. É uma rara oportunidade.*

*Na verdade sentiremos muito sua falta e da companhia do Smiley.*

*Senhores! Por favor. Não é meu velório, pelo amor de Deus. Eu também não sei como estou me sentindo. Ainda não assimilei tal informação. Tenho precisamente cinco dias para enviar uma resposta. Então até lá, vocês vão ter que me aguentar mais um tempo.*

O doutor começa a se animar quanto ao evento.

*Veja, até o doutor parece estar mais animado e eu sei como fazer isto ficar melhor. Tem um clube de cavalheiros muito discreto la na zona. Acredito que podemos ir assistir algumas performasses das meninas e tomarmos uma champagne. Tudo na maior discrição, é claro.*

Walker olha para Cassidy e no seu intimo sabe que é muito do seu agrado.

*Nem vou me atrever de perguntar se você já esteve lá. Pode ser que eu nem queira saber se você conhece uma outra pessoa lá.*

*E o bom doutor deve fazer agora um juramento de não revelar nossa posição a ninguém. A ninguém, certo doutor?*

*Ela jamais saberá de minha boca, isto eu garanto. E somente uma diversão sadia entre amigos.*

Walker olhar para ambos e sai de seu personagem de autoridade, maneando a cabeça como uma bronca em crianças levadas.

*Caramba. Com gente como nos, Londres ainda esta de pé?*

*Au contreau, mon Capitain, au contreau.*

Cassidy se serve de um cigarro e o acendo, dá uma boa tragada e exala uma espessa fumaça, como quem quer ganhar tempo, organizando seus pensamentos.

*Falando friamente, parece que estão querendo colocá-lo em rédeas. curtas.*

Walker senta-se jogando seu corpo para trás, reclinando-se e apoia os cotovelos nos braços da cadeira.

*Exatamente. Talvez nossas investigações tenham cegado num crescendo, aumentando seu ritmo ate concluir em seu ápice. Talvez tudo fique grande demais para se esconderem e precisarão revelar suas identidades, os sofrerão um dano de efeito colateral severo.*

O trio fica em silêncio profundo, cada qual com suas divagações. Walker percebe que o assunto não vai render mais nada além de conjecturas e teorias infrutíferas.

*De qualquer forma, eu não tenho pressa em responder. Enquanto isto, vamos espairecer nossas mentes com coisas mais mundanas.*

Os encontros vespertinos de Cathie e Melody estão cada vez frequentes. Cathie já se acostumou com as "loucuras" da garota. Vez ou outra andam discretamente de mãos dadas ou de braços, sempre felizes e sorridentes. Ela nunca se divertiu tanto em sua vida. Talvez seja um sonho que deseja que nunca acabe.

*Querida, acho que fazemos bem uma a outra, não é mesmo?*

Cathie a encara segurando um desejo incontrolável de tocar naqueles pequenos lábios. Mas não em publico, talvez em um lugar mais privado.

Parece que Melody leu seus pensamentos e arrancando dali do pier, vão para um lugar quase idílico, um pequeno parque escondido com uma frondosa árvore dando-lhes uma sombra refrescante e privacidade completa.

*Esse lugar é lindo. Nunca soube que havia um lugar assim. E realmente magnífico.*

Cathie esta radiante, quando se da conta que Melody esta senta ao pé daquela árvore, com as mãos no rosto.

A moça corre para seu encontro e se ajoelha junto a ela, a abraçando sendo retribuído por Melody.

*Desculpe. Eu disse alguma coisa. Que tola eu fui. Você me traz a este lugar divino e eu ajo como uma menininha. Perdoe-me.*

Melody levanta seu rosto avermelhado e os olhos marejados, apenas para ver o rosto jovial e carregado de ternura. Cathie a coloca de pé ficam se olhando por um bom tempo até que Melody toma a iniciativa, avançando para bem perto de seu rosto e encosta seus lábios nos de Cathie.

Por um instante, a moça arregala os olhos surpresa, mas percebe que era exatamente isto que desejava. Então relaxa seu corpo e encosta ainda mais seu corpo contra o dela. Ficando assim ate que o sol desapareça no horizonte.

*Vou levar você a um lugar especial para mim. É maravilhoso.*

*É muito longe?*

Catherine não vai se surpreender com mais nada neste dia que Melody proporcionou a ela. Está sendo um dos melhores momentos que já teve. Não poderia imaginar que uma pessoa do mesmo sexo pudessem ter tanto algo em comum e além. Em nenhum momento acha aquilo errado, pois para ambas tudo aconteceu tao naturalmente que mais parece que seja certo.

*Prefiro que seja uma surpresa. É mais emocionante.*

Emoção ela disse? Mais emocionante do que tudo já aconteceu até agora?

*Nem posso imaginar algo mais emocionante.*

Voltam para o carro mas agora dirige mais civilizadamente. Logo chegam a um bairro de *London Bridge East,* basicamente um distrito industrial, recheado de prédios escuros para processamento de itens oriundos do porto.

Adentram por entre ruas estreitas e vielas, deixando Cathie apreensiva. Mas parece que as poucas pessoas que transitam alio estão mais preocupadas com suas próprias vidas e seus afazeres.

Chegam ao que parece um grande galpão de

armazenamento. Melody manobra o veículo e para de frente a uma entrada de serviço. Ela abre uma porta lateral e desaparece dentro do galpão. Minutos de agonia tomam conta de Cathie, sentindo-se que fora abandonada e gerando em si um grande pavor.

Logo se ouve o som metálico das velhas portas subindo vagarosamente e ruidosamente como se protestassem por tê-las tirado de sua inercia.

Melody pula dentro do bólido e com calma entra, saindo de uma noite mal iluminada pelas luzes da rua para uma completa escuridão. Mas parece que para Melody, aquilo não é empecilho, ela se movimenta por ali como se fosse dia claro.

Logo o grande porta se fecha e em seguida algumas luzes vão gradativamente iluminando o ambiente revelando suas estruturas antigas e algumas ate mostrando sinais de corrosão.

Cathie pode vê-la, a frente do carro, se desvencilhando de suas roupas, ficando apenas com um par de calcas, botas até as coxas e uma camisa de duas fileiras de botoes.

*Venha, estou tao empolgada para lhe mostrar algo, mal posso esperar.*

A expressão de Melody é meio diabólica, deixando Cathie um pouco desconfiada.

Ela aperta o passo enquanto a garota a puxa pelo pulso. Com uma agilidade fora do comum, abre uma grande porta dupla, revelando um salão ricamente decorado com obras de arte, esculturas. As paredes têm filetes de ouro, grandes espelhos emoldurados com as mais nobres madeiras. Também há um grande quantidade de finas tapeçarias.

Os moveis são tao requintados, que arriscaria dizer que são peças autênticas dos seculos dezesseis ou dezessete.

Ante tanta ostentação, se perdeu de Melody que aprece atrás dela como um fantasma, assustando a moça.

Delicadamente, a pega pelas mãos e a conduz como se andasse sobre nuvens.

*Por aqui, você vai adorar.*

Como assim? Tem mais? Cathie se assusta só na possibilidade de que estão em um cofre forte em Genebra.

*Aqui ninguém vai nos incomodar. Ninguém pode entrar aqui*

*a não ser quer eu permita. Este é meu reduto.*

O ambiente é um grande salão. Há uma grande cama antiga com pilastras nos cantos, um teto de madeira  com um afresco de algo que Catherine já tinha visto nos livros de História antiga mas que agora não se recorda ante tamanha beleza. Um mosquiteiro cai delicadamente deixando a atmosfera do seu interior com um tom sobrenatural. Apesar da clareza que a luz penetra, mesmo Cathie com toda a atenção, não pode visualizar os detalhes de dentro. Ao seu lado, uma penteadeira estrategicamente colocada com toda sorte de toucador, enchendo os olhos da moça. Nota também, um imenso guarda-roupas bem ao estilo dos moveis, encantando a já deslumbrada Cathie.

Janet passa por ela a centímetros de seu rosto cheio de adi miração e abre lentamente revelando como se fosse um tesouro perdido. Vestidos de todos os tipos, para todas as ocasiões, anáguas, tailleur de todas as cores e combinações jamais pensadas. Uma profusão de moda e estilo. Mais abaixo o que a moça vê quase a faz perder os sentidos. Sapatos aos borbotões. Clássicos, modernos, cada salto que não parecem ter fim. Todos tipo de enfeite. Pedrarias, pequenas gravatas, detalhes que nem se quer pensou que existiam. Catherine esta em puro êxtase. Parece uma garotinha que ganhou o melhor de todos os presentes de sua vida.

Ela abraça Janet em soluços de alegria, sendo prontamente correspondido.

*Estou sem palavras. Parece que estou no paraíso!*

*Fique à vontade se quiser usar algo. Só peço que coloque no lugar depois. É só que eu peço. Sou muito perfeccionista.*

*Oh, não! Eu não poderia. São como joias. Prefiro admirá-las, se não se importa.*

*Claro que não querida. Fico feliz que você gostou. Foi muito bom compartilhar minha pequena coleção com alguém que aprecia tanto quanto eu.*

Melody disfarçadamente diminui gradativamente as luzes deixando uma atmosfera mais íntima. Ela se aproxima de Cathie, fitando-a profundamente em seus olhos, afagando seus sedosos e longos cabelos. A moça receosa recua levemente virando se rosto e baixando os olhos, mas Janet traz seu rosto delicadamente para si. Quer protestar mas não sai nenhum som de sua garganta, apenas seus lábios ficam abertos, trêmulos.

Melody alcança seus ombros e com toque sutil abaixa a alça do vestido da moça, fazendo com que seu corpo todo fique trêmulo, como se estive em febre.

Relutante, Cathie imita seus movimentos abrindo os botoes da camisa, revelando um par de seios pequenos mas firmes. Os mamilos entumecidos gritam de prazer. Quando Janet a encoraja a tocá-los, sente um arrepio que erica os pelos de seu corpo.

A respiração de Catherine esta ofegante, seu rosto corado e seu corpo esta suado.

Janet apenas de botas, desliza suas mãos pelo braço de Cathie, andando de costas rumo a grande cama.

Ela abre gentilmente o mosquiteiro, revelando uma fina fazenda ricamente costurada.

Ela se esgueira pela cama, ficando de lado apoiando um dos braços sua cabeça e a outra afaga o lençol de linho. Ergue seus olhos sensualmente, a convidando sem fazer um único movimento.

Catherine sobe mordendo os lábios, avançando sobre Janet, se espreguiçando deixando que a garota explore todo seu corpo. Se entregam as suas paixões.

Por uma claraboia, um facho tênue de luz deita-se sobre aquele ambiente, acordando Cathie. Preguiçosamente se espreguiça sentindo-se renovada e uma alegria invade sua mente. Se assusta quando percebe que esta compartilha e em um lugar estranho. Ao recolher suas roupas, olha para um relógio georgiano que mostra que já passam das nove horas da manha.

*O papai vai me matar.*

Próximo ao relógio, há um bilhete com uma caligrafia feminina.

*"Querida Cathie. Bom dia, meu amor. Eu deixei seu desjejum na mesa e uma coisinha na garagem. Espero que goste. Com amor, M."*

Mesmo com esse gesto de carinho, ela não pode deixar de pensar em preocupado pai. Pela segunda vez não deixou nenhum recado.

*Se eu continuar com esse comportamento, ele me manda de*

*volta para a mamãe ou coisa pior. Isso nunca. Eu o amo demais.*

Faz uma promessa solene que nunca mais isto voltara a ocorrer, aconteça o que acontecer. Ele e sua única e maior prioridade.

Com o tempo, Cathie concluí a maioria dos estudos e se forma em tempo recorde, assumindo uma cadeira de respeito e de grande responsabilidade.

Esporadicamente se encontra com Melody, conquistando maior liberdade e uma licença para dirigir.

Concluindo um detalhado perfil psicológico do personagem misterioso, entrega em mãos.

*Capitão, antes que o senhor o leia, devo alertá-lo que não confio cem por cento nesses dados. Quero dizer, não fazem o menor sentido, mas estão todos aí, em detalhes.*

*Entendo, Catherine. Mas pode ficar tranquila que fazem todo sentido. Você seria uma adição extremamente valiosa para o departamento. Eu poderia indicar seu nome, o que acha?*

*Sinto-me honrada pelo convite, mas devo declinar. Meu trabalho com minhas novas atribuições no hospital já me tomam bastante tempo. Novamente, agradeço o convite. E se o senhor esta de acordo, eu vou me retirar. Boa noite.*

*Antes de você ir embora,* - Walker fecha a porta e fecha a persiana. - *gostaria de fazer uma pergunta pessoal.*

Ele se senta em uma cadeira próximo a sua mesa e faz menção que se sente também.

Catherine é pega de surpresa, ela sente um arrepio percorrer pela sua espinha, mas mantêm o molhar fixo nele.

*Seu pai está bem? Ele está com algum problema de saúde?*

Seus olhos quase saltam das órbitas que se dilatam.

*Não, não senhor. É que nós nos desentendemos nesses dias por culpa minha. Fico tensa só de pensar que posso ter feito algum mal a ele.*

O capitão se levanta e rabisca algo em bloco de notas e entrega para a moça.

*O primeiro numero é do meu gabinete e o segundo e meu particular. Se você precisar voltar um pouco mais tarde, pode me ligar que eu aviso o bom doutor. Pelo menos seremos dois que você pode contar. Estamos combinados? Dispensada.*

Ao tocar na maçaneta, Walker chama sua atenção, novamente um calafrio a faz congelar.

*Parabéns pelo ótimo trabalho.*

🏛

Em outra área da cidade, uma figura funesta escala e salta silenciosamente pelos prédios com graça, até que na altura da *Trafalgar Square*, nota que a noite não está escura como de costume, dificultando sua ocultação. A noite esta convidativa para um passeio, empurrando até os mais reclusos, a saírem com seus pares.

Ela vê diversos casais e famílias, todos sorrindo e se divertindo com os *realejos* e os *lambe-lambe*, sempre simpáticos e corteses com seus clientes, volta e meia ganham uma gorjeta. Crianças se amontoam, correndo em torno da barraquinha de algodão-doce, maças do amor e outras guloseimas recheadas de açúcar, que as crianças avidamente devoram.

Casais apaixonados, fazem fila nos *lambe-lambe*, sentam-se diante de uma tela pintada a mão de uma paisagem mais idílica, exibindo seus sorrisos nervosos para registra aquele momento singelo para a eternidade.

196

Ele se imagina quando tudo terminar, que ela e Cathie possam fazer esse mesmo tipo de programa, livre de preocupações e só com seus futuros a sua frente.

Pensa em Cathie como uma pedra rara, ainda em seu estado bruto mas ainda revela sua beleza para um olho atento. Tao diferente dela, delicadeza e charme são somente uma fachada. Ela é com um carvão em uma caixinha de joias. Se você não abrir, vai ver apenas uma bela caixa decorada. Mas seu interior, assustaria a qualquer um, por isso a mantêm trancada.

Imersa em seus devaneios, uma movimentação próxima de sua posição, chama sua atenção. Há um policial fazendo sua ronda mas ainda não percebeu que um assalto vai acontecer em poucos segundos. Com um sorriso malicioso, veste seu capuz e se prepara para entrar em combate.

*Hora de me exercitar um pouco.*

Ela dá um salto para o vazio, amortecendo sua queda nos peitoris. Os prédios mais baixos, usa com rampa para seu próximo salto, sem tirar o assaltante de seu campo de visão. Espera que ele se sinta confiável, faz alguns barulhos para que desvia de sua rota direcionado-o para um lugar mais escuro.

Ele esta visivelmente assustado, não pelo policial que ficou dezenas de metros atrás, mas pelo sua superstição de um mau agouro.

Surpreendentemente, um outro elemento se junta a ele mas para Janet não vai fazer diferença.

Ela salta atrás dos crápulas que apenas veem uma silhueta de uma sombra.

*Bela noite para se exercitar, não é rapazes?*

O primeiro a atacar e o que roubou que, rapidamente e derrubado mas Janet o faz sangrar um pouco antes de colocá-lo a nocaute.

O segundo, já sem o elemento surpresa, ainda com muito medo, puxa uma faca de mola de marinheiro, fazendo um estalo metálico. Janet relaxa e simplesmente fica em guarda.

*Pode vir, querido. Vamos dançar.*

Ele avança com uma rapidez desenfreada mas Janet se desvia do ataque e coloca seu pé no caminho dele, com um tapa em sua nuca, o faz avançar sem controle, acertando com a cabeça contra a parede, desmaiando em seguida.

Janet pega do bolso do meliante o produto do furto e vai de encontro ao policial que estava na perseguição. Ao encontrá-lo tateando as docas, pode vê-lo encontrar em um poste de amarração dos cais, os itens roubados. Rapidamente envolve com um lenço e retorna aos seus donos. Ele para por um segundo e olhando para traz, vê uma figura como um sombra negra a dois metros dele, fazendo engolir seco. Ele presta continência meio sem jeito e figura devolve o cumprimento e desaparece na escuridão do cais sem deixar rastro de sua presença.

*Eu devo estar louco. Preciso tirar umas férias.*

Ele confere o conteúdo. do seu bolso e ruma para devolver aos seus legítimos donos.

De uma distancia do alto de um dos prédios, Janet observa toda a movimentação. O policial entregando aos seus donos seus pertences e uma roda de pessoas se junta ao feliz mas assustado casal. O rapaz agradece efusivamente o guarda apertando-lhe as mãos com um sorriso de alegria. A moça, em prantos, depois de olhar para suas joias, volta seus olhar para seu companheiro e da um abraço fraterno no policial. O guarda se despede de todos e a normalidade vai se instaurando novamente até que a calmaria retorna como se nada tivesse acontecido.

Cassidy chega no departamento acompanhado de St. James, praticamente invadindo o gabinete de Walker.

*Capitão! Eu, quero dizer, nós temos uma teoria. É meio maluca, devo dizer de início. Mas pode dar em alguma coisa.*

Walker recosta em sua cadeira entrelaçando os dedos direcionado toda sua atenção aos dois.

*Eis nosso plano. Todos aqui, exceto o senhor e o doutor Oliver revesaremos em uma rotina de vigília em um ponto estratégico da cidade.*

*E como em nome de Deus, você pretende executar tal plano?*

Cassidy aponta para o mapa dos arredores da parte central da cidade, na parede

*Pelos relatos da ação do nosso vigilante, é nesta área que ele*

*atua,* - pega uma caneta grossa e circunda uma grande área do centro de Londres. Também desenha mais dois círculos adjacentes com setas apontando para o grande círculo a partir dos menores.

*E que pontos são estes?*

St James toma a palavra, se colocando a frente.

*São duas igrejas com campanários com ótima visão de todos os lados. Teremos uma visão de trezentos e sessenta graus em qualquer direção, inclusive podemos nos comunicar por meios de lanternas quando for extremamente necessário.*

*Para melhorar nossa vigilância eu consegui dois rádios de campo, descarte do exército, e dois binóculos com grandes lentes. Creio que cobriremos um grande área.*

Walker fica surpreso pela grande eficiência e pela motivação de ambos.

*Suponho que consigam o que querem. Em que a informação vai ajudar?*

St James tem tudo na ponta da língua, somente esboça um sorriso discreto se vangloriando de sua própria inteligência.

*Informação tática, senhor. Apenas estudando o inimigo. Vamos colher o máximo de informações que pudermos.*

Ainda analisando friamente a proposta sem deixar de lado as implicações legais, olha para ambos inquisitorialmente.

*Quanto tempo você precisam para montar esta operação?*

*Temos tudo em mãos e em seus lugares determinados. Digamos que em, no máximo, dois dias para efetuar os testes e corrigir eventuais falhas e buracos nas observações.*

*E eu conheço as irmas, que não farão objeção, como disseram, se nós nos comportarmos.*

Walker ainda absorvendo toda informação prevendo que algo de errado, olha para Smiley, que aparentemente entende a situação e se afunda em sua almofada, ficando com apenas os olhos a mostra.

*Muito bem, quero ter o total controle das ações dos senhores. Uma atualização a cada hora, não importa se não ocorreu nada, eu quero ficar sabendo de tudo que veem e fazem, compreendido?*

*Perfeitamente, senhor.*

Apressados, partem dali rumo aos seus postos, colocando em pratica o plano, terminado em tempo recorde.

Os dias passam para o doutor Oliver e as desavenças com sua filha parecem ter se dissipado. Se orgulha de seu empenho profissional e de sua criatividade. Se lembra com a pequena e insegura *Catherine Wright* se tornaria esta grande mulher.

Sua paixão pelo que faz, conquistou seus mentores e o reitor e principalmente o repeito de seus colegas, sempre disposta a ajudar a quem lhe recorrer.

Ela se especializa na área que mais gosta, as Ciências Forenses, dada sua paixão de descobrir o que esta além do obvio.

Também desenvolveu uma aptidão de descobrir quando uma pessoa esta mentindo ou fingindo, sendo requisitada como consultora em interrogatórios mais difíceis.

O velho médico sente que há uma certa resistência da parte delas de discutir sobre assuntos que envolvem o vigilante noturno e não entende por quê. Desconversa e sempre dá a mesma resposta que não tem nada que valha a pena discutir.

Para não estender mais, ele apenas dá os ombros e termina o assunto deixando um certo ar de preocupação em Cathie.

Há uma pequena confraternização na ala em que Cathie está instalada, então todos ali, desde o Capitão Walker até Cassidy. Se espante e se regozija quando é apresentada a Mary. Rapidamente se tornam amigas. A festa é rápida mas Catherine sente-se tocada pelos amigos que fez ao longo do tempo desde que chegou. Sente falta da presença de Melody, que faz com que seu semblante se altere, chamando a atenção de Mary.

Discretamente aproxima-se dela sentindo sua distância daquele momento.

*O que foi, Cathie? Você está distante. Você está bem?*

Cathie, num momento de descuido, quase fala de Janet em voz alta.

*Não é nada. É que é a primeira vez em anos que tenho uma festa só para mim. Estou me acostumando.*

*Ora, meu bem. Deixe disso, você é querida por todos. Ate os detetives da central sabem disso. Você é especial. Catherine Walker vai abalar as estruturas.*

Ambas se entreolham e caem em uma sonora gargalhada, chamando a atenção dos presentes.

*Até que enfim que Cathie encontrou uma amiga.* - desabafa o bom doutor como se um peso gigantesco fosse retirado de seus ombros.

*Mary é uma mulher formidável e será uma amiga muito leal.* - completa Cassidy.

As pessoas vão se despedindo, deixando apenas seu pai e Mary.

*Mary, você vem agora?*

*Não doutor. As garotas precisam de um tempo sozinhas para colocarmos nossos assuntos em dia. Vamos ficar bem.*

O doutor pega seu chapéu e sai cantarolando baixinho algumas músicas que preencheram aquele agradável ambiente. Apressa o passo assim que ouve o chamado de Cassidy, já sabendo que a festa vai se estender agora no pub.

Mary aguarda que o doutor se distancie no corredor e

fecha a porta delicadamente, se acomodando em uma das cadeiras, convidando Cathie a fazer o mesmo.

Seus grandes olhos azuis cintilavam e nada combinavam com seu semblante sério, assustando a garota.

*Seja franca amiga Catherine. E pelo amor de Deus, não tente me enrolar e parecer inocente. Não tenho tempo para isso. Lembre-se que sou bem mais velha que você e já vivi e vi muitas coisas que nem imagina. Portanto seja sincera comigo. Serei seu cofre forte.*

Catherine fica inicialmente sem ação e um pouco perturbada com a frieza e franqueza dela. Sua atitude mudou como se a Mary anterior fosse um personagem. Até o tom de sua voz está um pouco mais grave, causando medo na moça.

*Eu não sei do que você está falando,* - gagueja tanto que nem consegue concluir a frase.

*Catherine Walker! Eu avisei para não me enrolar. Seja franca. Abra o jogo. Eu posso me fazer de tola, infantil e até um pouco fútil. Mas eu sei de muitas coisas. Eu sei disfarças muito bem. Já você, precisa um pouco de instrução. E como se diz no jargão. DESEMBUCHA!*

Catherine está tão apavorada que seu corpo todo treme,

fazendo com que balbucie palavras sem sentido.

Mary coloca um copo de gim na sua frente e a olha fixamente. A garota pega o copo e o bebe de uma única vez, fazendo uma careta de repulsa, ficando vermelha e com calor logo em seguida.

Mary aguarda alguns minutos ate que se recomponha e volta a carga.

*Você tem razão. Se eu não falar sobre isto com alguém, isto vai me corroer por dentro. Então se ajeite e abra bem seus ouvidos porque não pretendo repetir esta estória tão cedo.*

Conta sobre sua difícil relação com sua mãe e como decidiu largar tudo para ficar com seu pai. Também conta que por um tempo não achava que gostaria de alguém e nem quisesse.

Conta como conheceu Melody e como se envolveu romanticamente. Não oculta nenhum detalhe, fazendo com que os olhos de Mary queiram saltar de suas órbitas tal seu espanto.

Também conta como, ao invés de repelir aquele sentimento, o abraçou por que sentiu que era verdadeiro por parte de Melody.

Por fim, leva suas mãos ao rosto e chora envergonhada, soluçando.

Mary alcança suas mãos e a segura carinhosamente. Sua expressão mudou radicalmente. Agora exibe uma felicidade como de um cúmplice. Ela volta a ser aquela mulher meiga e sensível.

*Olhe para mim, Cathie. Eu já passei por coisas messa vida, que você não faz nem ideia. Também já fiz coisas que a simples menção faz com que as pessoas ficassem enojadas. Então creia no que eu digo, se o que aconteceu foi lindo para você, não há de que se envergonhar. Só não deixe ninguém estragar a relação de vocês. Nem você, nem ela, ouviu, mocinha? Agora me dá um abraço e pode relaxar.*

Naquela sala agora impera apenas o silêncio, quebrado pelos soluços das garotas.

*Se as coisas ficarem tensas, venha me visitar.*

Mary entrega um papel com seu endereço no **Soho**.

*Eu moro em uma antiga base dos bombeiros desativada. É espaçoso e aconchegante. Raramente levo alguém até lá. Gosto assim.*

*Você bebe?*

*Não, por Deus, não!*

*Então venha sábado, as 15 horas. Ah! E traga um scotch de qualidade. Será a tarde das garotas para exorcizar nossos demônios. Eu tenho uma vitrola e alguns discos der jazz. Vamos fazer uma pequena festa. Combinado?*

Cathie maneia a cabeça positivamente e ri nervosamente.

*Agora, vamos celebrar nossa recém-formada aliança com a champagne que os rapazes reservaram para nós. **Cheers!***

Copo após copo, as garotas ficam animadas e completamente ébrias, falando impropérios que normalmente nunca sairiam de suas bocas.

🏛

Cassidy e o Coronel instalam a parafernália durante alguns dias extenuantes, cada dia ambos vão se conhecendo a ponto de saberem o que o outro quer com uma simples sinal. As vezes cada qual se vê no outro tamanho a semelhança de caráter.

*Bem, meu amigo. Por hora é isto. Outra hora faremos mais alguns testes e podemos nos dar por satisfeitos.*

*Concordo. Espero que nosso amigo noturno não repare nas modificações. Seria uma grande perda de tempo.*

*Oxalá seja menos prudente. Confio que dará tudo certo. Será que temos tempo para um último brinde?*

*Acredito que a senhora Paige tem alguns tira-gosto para estes cavalheiros.*

O coronel remexe em sua mochila e tira dentro uma cantil e dois pequenos copos.

*Espere um pouco. Seria uma boa ideia batizar este memento com chave de ouro.*

*No que está pensando, coronel?*

*Sinta por você mesmo.* Abre o cantil e serve uma dose em cada copo e dá um para o detetive.

*O néctar dos deuses. Brindemos ao nosso esforço e que seja recompensado com uma vitória certa.*

*Amem!*

Algum tempo, já na calçada, ainda com o cantil em

mãos brindando a cada momento para alguma coisa que valha a pena ou cantando alguma música com a voz já embargada, nem se dando conta que é de madrugada, topam com um policial em sua ronda solitária.

*Muito bonito, os senhores. Gostariam de pernoitar no xilindró?*

Cassidy e o coronel riem baixinho e tentam manter uma pose mais ereta, ainda cambaleante.

O policial reconhece o detetive e resolve fazer uma troça com eles. Percebe que pelo estado da dupla, e melhor deixá-los em paz e que sigam seu caminho. Pelo menos terá algo de engraçado para contar na chefatura. Talvez avise o Capitão, talvez não.

▥

O seu sonho esta tão vago, vê vultos e uma pessoa em queda livre, ele é interrompido com uma enxurrada de água gelada, fazendo com que caia da cama de cara no chão. Percebe o chão de cimento frio e meio úmido, há grades como

211

de uma cela e ha também alguns sapatos pretos bem engraxados, como de policiais.

Quando olha para cima, vê uma enorme figura mal-humorada familiar do Capitão Walker e alguns de seus colegas.

*Quando estiver em condições, quero você na minha sala.*

Outra voz atravessa os ouvidos de Cassidy, como se fossem um trovão.

*Gostaria de ressaltar que a culpa foi inteiramente minha, senhor.-* confessa St. James, lê levantando tropegamente e fazendo continência.

*O senhor tem uma pessoa pior que eu para se explicar.*

*Onde eu fui amarrar minha égua. -* diz St. James voltando a se sentar, jogando seu frágil corpo contra a cama de cimento, enfrentando uma onda de enxaqueca.

Cathie está voltando tarde do laboratório do hospital, como corriqueiramente o faz, percorrendo a pé a fim de colocar as ideias em ordem. Até mesmo naquele horário há pessoas transitando pelas ruas, que lhe dão algum conforto. Ela não se importa com eles e continua seu caminho inexoravelmente até que uma cigana a persegue mesmo com seus protestos, insistindo em ler sua mão.

Cassidy e o Coronel instalam a parafernália durante alguns dias extenuantes, cada dia ambos vão se conhecendo a ponto de saberem o que o outro quer com uma simples sinal. As vezes cada qual se vê no outro tamanho e a semelhança de caráter.

*Bem, meu amigo. Por hora é isto. Outra hora faremos mais alguns testes e podemos nos dar por satisfeitos.*

*Concordo. Espero que nosso amigo noturno não repare nas modificações. Seria uma grande perda de tempo.*

*Oxalá seja menos prudente. Confio que dará tudo certo. Será que temos tempo para um último brinde?*

*Acredito que a senhora Paige tem alguns tira-gosto para estes cavalheiros.*

O coronel remexe em sua mochila e tira dentro uma cantil e dois pequenos copos.

*Espere um pouco. Seria uma boa ideia batizar este memento com chave de ouro.*

*No que está pensando, coronel?*

*Sinta por você mesmo.* Abre o cantil e serve uma dose em cada copo e dá um para o detetive.

*O néctar dos deuses. Brindemos ao nosso esforço e que seja recompensado com uma vitória certa.*

*Amem!*

Algum tempo, já na calçada, ainda com o cantil em mãos brindando a cada momento para alguma coisa que valha a pena ou cantando alguma música com a voz já embargada, nem se dando conta que é de madrugada, topam com um policial em sua ronda solitária.

*Muito bonito, os senhores. Gostariam de pernoitar no xilindró?*

Cassidy e o coronel riem baixinho e tentam manter uma pose mais ereta, ainda cambaleante.

O policial reconhece o detetive e resolve fazer uma troça com eles. Percebe que pelo estado da dupla, e melhor deixá-los em paz e que sigam seu caminho. Pelo menos terá algo de engraçado para contar na chefatura. Talvez avise o Capitão, talvez não.

A mente da Cassidy esta tao turva que parece que está em um redemoinho, seu sonho está tão vago, vê vultos e uma pessoa em queda livre, ele é interrompido com uma enxurrada de água gelada, fazendo com que caia da cama de cara no chão. Percebe o chão de cimento frio e meio úmido, há grades como de uma cela e há também alguns sapatos pretos bem engraxados, como de policiais.

Quando olha para cima, vê uma enorme figura mal-humorada familiar do Capitão Walker e alguns de seus colegas.

*Quando estiver em condições, quero você na minha sala.*

Outra voz atravessa os ouvidos de Cassidy, como se

fossem um trovão.

*Gostaria de ressaltar que a culpa foi inteiramente minha,* *senhor.-* confessa St. James, lê levantando tropegamente e fazendo continência.

*O senhor tem uma pessoa pior que eu para se explicar.*

*Onde eu fui amarrar minha égua.* - diz St. James voltando a se sentar, jogando seu frágil corpo contra a cama de cimento e acertando a parede rústica de tijolos expostos, enfrentando uma onda de enxaqueca.

Cathie está voltando tarde do laboratório do hospital, como corriqueiramente o faz, percorrendo a pé a fim de colocar as ideias em ordem. Até mesmo naquele horário há pessoas transitando pelas ruas, que lhe dão algum conforto. Ela não se importa com eles e continua seu caminho inexoravelmente até que uma cigana a persegue mesmo com seus protestos, insistindo em ler sua mão.

*Vejo o passado, o presente e o futuro. O que a jovem gostaria de saber? Por dois pixilingas eu revelo quaisquer segredos ocultos.*

*Realmente eu não acredito nessas crendices, sou uma pessoa das ciências. O que eu vejo e posso provar é tudo que me importa.*

*E sobre o amor? Pode tocá-lo? Como pode provar sua existência? Pode medir seus sentimentos e suas consequências?*

Desconversando, Cathie se põe a caminhar a passos largos, mas a cigana parece colada nela, ainda insiste.

*Se não gostar do que eu vou falar não precisa pagar, que tal isto?*

*Muito bem, então. Vamos lá, o que a senhora pode dizer de meu futuro?*

Ambas se acomodam numa das caixas da entrada de um armazém e a cigana pega em sua mão, e após alguns minutos falando em uma língua estranha, suas feições se modificam para outra mais fechada e triste.

*Ah, minha criança. Muitas pessoas que eu quero bem, mas uma em especial, que aparentemente não foi feita para a senhorita. Esta pessoa, junto de você, desafiarão o mundo a cada instante. Vocês podem ser felizes ou não. O futuro de vocês ainda não está escrito, há uma nuvem negra entre vocês. Talvez seja a morte querendo separá-*

*las, eu não consigo ver claramente.*

*Outra coisa! Haverá uma tragédia que abalará para sempre sua vida, mas outra pessoa vai acolher você e será feliz. Disto eu tenho certeza.*

Quando Cathie encara a cigana, esta está em prantos.

*A senhora tem algo mais?*

*Sim. Querida, não deixe seu pai triste, ele já sofreu demais por uma vida. Apenas cuide dele.*

A cigana desaparece como um vulto pelos becos, deixando Cathie confusa e estarrecida.

*Já em casa, encontra seu pai na mesa da sala, debruçado em uma grossa pasta de arquivo.*

*Papai, está tudo bem não é muito tarde para ficar esforçando suas vistas?*

O médico se assusta com a repentina aparição de sua filha.

*Ola, querida. Que horas são?* -pega seu relógio do bolso do colete e fica pasmo. - *tão tarde? Você chegou agora?*

*Sim. Também me perdi do adiantado da hora. Caso complicado?*

*Não, Cathie. Só algumas tediosas avaliações dos meus alunos de ultimo ano. Tenho sorte de ter alunos motivados. Bem, você já esta aqui então eu vou me recolher.*

*Boa noite papai, vou fazer o mesmo.*

*Antes, gostaria de ir ate Brighton neste fim de semana. Vai ser a chegada dos competidores da corrida anual.*

*Esplendida ideia. Podemos convidar o detetive?*

*Desta vez não. Somente o senhor e eu. Como há tempos não fazemos.*

O doutor se emociona e abraça sua filha.

*Obrigado.*

*Eu te amo, papai.*

*Eu também, querida.*

*Agora vamos nos recolher que amanha será um longo dia.*

O doutor retira seus óculos, enxuga suas lágrimas e dá-lhe um beijo e sua testa, segue para seu quarto com um largo sorriso de satisfação estampado no rosto.

No circuito dos amantes de corridas, corre um boato que *Sir Phillip* ira pilotar um de seus bólidos nesta corrida.

Cassidy e o doutor Wright confraternizam com os pilotos e equipes, fazendo todo tipo de perguntas e ajudando quando veem algum em dificuldades, nem que seja para "dar um empurrãozinho", as vezes literalmente nos carros.

*Você não vai inscrever sua motocicleta na corrida, Cassidy?*

*Estou pensando. Faltam algumas horas para o fim das inscrições.*

*Até que não é uma má ideia. Assim você desfruta de um belo fim de semana no litoral e a coloca em seu ambiente natural.*

Ate mesmo o Capitão Walker, que chegara em cima da hora, encontra os dois amigos, a tempo de pegar o fim da conversa.

*O que? Você não vai participar? Isso era o que eu queria ver.*

O médico encontrando um comparsa, vira-se para Cassidy com um ar arrogante.

*Não me diga que o valente Cassidy O'Brian está com medo de encarar a estrada.*

*Prometo que vou pensar no caso.*

Quanto ele se dirige para o local de inscrição, Walker e o doutor apenas observam um indeciso detetive.

*Será que eles tem cerveja por aqui?*

*Só há um meio de resolver este caso, caro doutor.*

As semanas que se seguem, transcorrem na mais perfeita ordem. Cassidy e o Coronel criam um mapa nos dados obtidos de outras vigilâncias da área de atuação do vigilante noturno. Provando que o sistema e os aparatos funcionam como planejado, começam a executar seus plantões.

Cathie se encontra paz no trabalho e nos estudos e sem um sinal de Melody. O doutor feliz como nunca, despertando a curiosidade em seus colegas. Quando questionado quem o que seria digno de tanta adoração, diz apenas que é alguém muito especial, disfarça com um sorrisinho.

Naquele fim de semana como prometido, pai e filha vão até Brighton de trem. Ambos não poderiam da desfrutar da mais plena alegria. Tudo é diversão e imbuído de sorrisos. Cathie fica maravilhada com a pier e todas aquelas coisas gigantescas. O que mais lhe chamou a atenção foi a roda gigante, que inexplicavelmente insistiu em sentar-se naquelas cadeirinhas balançantes, exigindo que seu velho pai a acompanhe, mesmo sabendo quer o resultado seria desastroso para ele. Mas tudo valeria a pena mais tarde.

A exaustão toma conta dele e se senta em um dos bancos de fronte a uma barraca de arremesso de argolas, que em vão, ela não consegue acertar um único alvo.

Ele se diverte com sua falta de jeito, mas quando ameaça a se levantar, nota que outra moça praticamente da mesma idade se aproxima e a ajuda. Por um instante ele acredita que os olhares que trocam eram mais afetuosos, como se fossem velhas amigas. Sua visão não esta la estas coisas, mas podia jurar que ela sussurrou algo em seu ouvido na recém-chegada. Cathie joga a argola despretensiosamente, sendo amparada e consegue o grande prêmio. Um lindo urso cinza e branco. Ela deixa sua atenção ao urso, mas a garota não está mais ali e Cathie fica petrificada.

Ela chama a atenção do rapaz da barraca que estava ocupado atendendo outros clientes e administrando os prêmios.

*O senhor não viu a moça que estava aqui a pouco? Queria dar este prêmio para ela.*

*Desculpe. Eu nem reparei e se tinha alguém com a senhorita. Se me perguntarem amanha se a senhorita esteve aqui é bem provável que nem vou me lembrar. Desculpe-me , mas hoje é um dia cheio. Com licença.*

Ela controla sua pulsação mas parece que seu peito está em brasa e seu coração que pular para fora.

De repente ela olha para seu pai sentado relaxado

no banco do passeio e apenas lhe dá um sorriso simpático. Corre em sua direção e lhe dá um abraço carinhoso.

*Não é lindo, papai?*

*Uma graça. Mas a senhorita não é mais criança para estes brinquedos?*

*Ora, eu posso colocá-lo em minha estante do laboratório. Vai dar um ar mais jovial.*

Abraça o pobre urso tao forte que parece que vai estourar seu forro. Suas feições são de pura felicidade.

O velho médico quer perguntar sobre a jovem que se aproximou dela, mas deixa que o assunto fique por ali.

Cathie o arrasta para cada barraca, parecendo uma criança, que parece que no seu intimo ela ainda o é.

A cada puxão de Cathie o médico segurava seu chapéu e apenas tentava acompanhá-la.

*La vamos nós!*

Desde cedo naquele domingo, os alto-falantes informavam ao publico ávidos por notícia dos corredores e também acompanhando pelos boletins que circulavam a cada meia hora, a posição dos corredores e eventuais desistências, mas não sem uma ajuda das equipes de resgate e dos próprios espectadores que faziam questão que, pelo menos, concluíssem a prova, não deixando ninguém na estrada.

*Talvez eles cheguem ate Brighton ao final da tarde. Alguns retardatários, com sorte, ao amanhecer.* - devaneia o dr. Oliver consultando seu relógio e rabiscando alguns cálculos em sua caderneta de bolso.

*Aguarde aqui, querida. Eu volto em um instante.*

Segue para uma instalação temporária para checar algumas informações.

*Com licença. Pode me informar se o piloto Sir Phillip em que lugar ele se encontra?*

*Aguarde um momento.* - o locutor vai ate o posto de telégrafo e em alguns minutos retorna com a informação desejada.

*Sinto muito senhor. O cavalheiro em questão nem saiu*

*de Londres.*

Decepcionado, o médico agradece e se afasta e volta a consultar suas anotações, riscando o nome de Sir Phillip de sua lista.

Ao lado de sua filha ele resmunga irritado.

*É uma lástima. Queria vê-lo em ação e acredito que ele também. Ele se preparou por tanto tempo. Como ele mesmo disse, não me importo em vencer, é tudo uma questão de diversão.*

Senta-se no banco enfezado e bufa pesadamente.

*Ora papai, deixe disso. Talvez tenha acontecido um imprevisto de última hora. Maquinas são muito imprevisíveis, mas são máquinas. Deixe disso. Venha vamos andar um pouco e o senhor ira relaxar.*

*Você tem razão. Não há motivo para ficar de cara amarrada. Estou no melhor lugar e com a melhor companhia. É tudo que eu preciso.*

Ambos saem pelo cais e o doutor vai se alegrando e volta a ser aquele senhor bondoso.

Pontualiza, o locutor anuncia atualizações sobre a corrida, e uma chama atenção deles.

*Senhoras e senhores, parece que temos uma novidade este ano. Uma motocicleta. Sim, isso mesmo. Uma motocicleta e parece que seu piloto esta querendo bater o recorde. Aguardem por mais informações.*

*Rápido, Cathie. Vamos a um pub que la tem um rádio e certamente darão o nome deste piloto.*

Agora e seu pai que parece uma criança ávida por uma surpresa. Praticamente arrasta sua pobre filha, quase fazendo com que perca seu chapéu.

Adentram ao pub que já está lotado, ficando quase do lado de fora.

*Por gentileza* – grita o doutor – *pode aumentar o volume? Obrigado.*

Após alguns relatos das posições chega a informação que o doutor Oliver queria ouvir.

*Atenção, radio-ouvintes. Acaba de chegar em nossas mãos o nome do piloto da motocicleta que partiu de Londres da última hora. Seu nome é* – faz uma pausa, resmungando algo inteligível – *seu nome é Cassius Cassivelanus O'Brian.*

Para surpresa do médico e de Cathie, há uma certa comoção no pub, possivelmente há uma sorte de elementos da força policial de folga ali.

Cathie percebe que seu pai está em estado de graça, exibindo um sorriso de satisfação.

*Sim senhor. Agora ninguém separa os dois.*

Cathie percebe a alegria dele e também fica contente em ver Cassidy novamente.

*Ora, vejam. Não é realmente um homem de convicção? Garçom! Uma Guinness e uma salsaparrilha. É um momento para se comemorar.*

Quando o relógio marca dezenove horas alguém bate a porta de seu quarto no hotel. Acorda assutado e tateando por seus óculos atende com uma cara ainda de sono.

*Desculpe senhor. Mandaram avisar que o cavalheiro — o* rapaz lê um cartão, tentando entender – *Cassi-vela-nus, isso mesmo, Cassivelanus, acaba de chagar.*

O doutor espantado, procura em seus bolsos uns trocados para o rapaz, mas acaba lhe dando *uma coroa* por engano.

Deixa um bilhete para sua filha e se arruma precariamente e dirige-se para saguão anunciando sua presença.

Encontra Cassidy trajando botas na altura das coxas, calcas com ancas largas e um par de óculos sobre um velho capuz de couro e um par de luvas com forro de lã de carneiro.

O doutor agarra em seus ombros com um aperto forte, balançando-o.

*Cassidy, seu maluco!* - esbraveja o incrédulo médico. - *que diabos você está fazendo, homem?*

*Sir Phillip ficou impossibilitado de correr e contratou*

*um piloto profissional para pilotar seu carro novo, que acabou ganhando a corrida e me convenceu de que eu deveria participar do evento, só por diversão, e aqui estou. Ate me emprestou suas roupas de piloto. Estão um pouco apertadas, mas eu aguentei.*

O doutor mais relaxado, o observa e conclui que Sir Phillip tem um tino de comerciante bem afiado.

*Verdade seja dita, ele é um homem reconhece quando alguém é um vencedor.*

*E a Cathie? Ele veio com o senhor?*

*Na verdade foi ela que me arrastou para cá. Mas deixa a menina. Está dormindo no hotel aqui perto, depois mando chamá-la. Deve estar ferrada no sono de tanta diversão.*

*Venha doutor, estão chamando os participantes. Quem sabe não ganhei algum prêmio.*

*Encontro você la. Não demoro.*

Dirige-se ao balcão do hotel e chama pelo atendente.

*Por favor. Poderia avisar minha filha, Catherine*

*Wright, que eu estou junto com os participantes da corrida. Muito obrigado.*

A festa transcorre com vários *vivas*, muito barulho a cada nome chamado. Todos os pilotos e participantes se juntam numa confraternização regado a muita champagne e cerveja que atravessa a noite.

Noutra parte do *pier*, Melody entra em um estúdio fotográfico e observa atenta e demoradamente os trabalhos do profissional.

*Boa noite, senhorita. Em que posso ajudá-la?*

*Gostaria de um retrato de corpo inteiro e sua palavra que será discreto.* - fala isto encarando o fotografo com uma expressão dura e ferina, assustando o pobre rapaz.

*Bem, e qual seria o tema do retrato? Tenho vários planos de fundo que pode escolher à vontade.*

*Apenas eu.* - diz secamente.

O pobre rapaz tem tempo de apenas pegar seu álbum

de poses, quando a vê nua, deitada em uma divã de lado cobrindo parte de sua intimidade, apenas com um colar de pedrarias finas e cintilantes adornando seu esguio pescoço.

*Vamos, não tenho o dia inteiro.*

O rapaz, nervosamente, fecha o trinco da porta e vira sua plaquinha para "fechado". Corre para colocar tudo em ordem e ajusta a câmera.

O único som que se ouve e a explosão do flash, deixando um pouco de cheiro de enxofre no ar.

*Quantas cópias vai querer?*

Melody termina de se vestir para o deleite do rapaz, o encara com indignação.

*Apenas uma.* – olhando para o mostruário de papéis, aponta para um em específico. - M*eio pôster, envelope pardo e um álbum.*

Ele a observa lascivamente e percebe que o rapaz está com outras intenções e volta a encará-lo.

*Gostou do que viu?*

O coitado fica sem jeito e cabisbaixo, apenas coça a cabeça.

*Então esqueça que eu estive aqui. Eu vou voltar e quanto tiver terminado eu quero quebrar o vidro.*

Ela se aproxima sensualmente próximo de seu ouvido, roçando seu rosto no dele e fala com um tom baixo e sensual. - *Por favor.*

Quando os festejos cessam e as luzes se apagam, dão lugar ao silêncio habitual, quebrados apenas pelas ondas do mar abaixo do pier. Pode-se ver a Lua majestosa reinando absoluta.

🏛

Na segunda-feira como é de esperar, a rotina demora a voltar ao normal, recompensados com um amanhecer deslumbrante, seguido de uma semana dentro de seus eixos.

Na recepção do hospital, a enfermeira Mary formalmente trajada e sempre sorridente com todos a sua volta.

Um carteiro aproxima-se do balcão com um envelope em mãos.

*Bom dia. Eu tenho um envelope para a Srta. Catherine Wright.*

*Pois não. Eu o levo ate ela.*

Mary dá duas batidas na porta entreaberta do laboratório de Cathie.

*É seguro entrar, Cathie?*

*Oh! É você Mary. Bom dia. Sim, pode entrar.*

*Este rapaz tem um envelope para você.*

*Por favor, assine aqui. Tenham um bom dia. Senhoritas.*

Aguardam ate que ele saia e ganhe alguma distância. Mary volta a deixar a porta meio aberta.

*Ora, quanto mistério para uma simples correspondência. Seria um admirador secreto?*

*Mary, você sempre pensando em namoricos.*

*Claro. Vai abre logo.*

*Vai ver que são os resultados que eu pedi algumas semanas, nada de romântico.*

*Se você precisar de ajuda com "ele" sabe onde me encontrar.*

Aguarda ate que Mary se afaste pelo corredor adentro e fecha a porta levemente. Em sua mesa, abre o envelope lacrado. Sem muita expectativa, provavelmente é mais trabalho.

De dentro de seu interior ela tira algo que a deixa, em princípio chocada, mas aos poucos assimila ao ver a dedicatória de amor para ela, no canto inferior da fotografia. Mesmo que não tivesse nenhuma assinatura, reconheceria aquela letra sensual de Janet em qualquer lugar.

Fica alguns minutos estudando cada detalhe de sua figura exuberante. Seu corpo esbelto e ao mesmo tempo, atlético a faz suar frio.

Antes de guardá-la sela com um beijo nos lábios na foto, pega sua agenda particular e a coloca dentro, travando o fecho com uma chave. Guarda dentro de seu cofre junto com suas anotações.

A festa vai perdendo sua intensidade e algumas barracas já estão fechadas, luzes vão se apagando fazendo com que apenas a luz da Lua ilumine o pier, hora propicia para que as atividades do vigilante tornem-se mais frequentes, consequentemente faz com que Cassidy e St. James quase não consigam seguir sua rota.

Ao fim de algumas semanas de intensa vigília, entregam ao capitão Walker um relatório detalhado e alguns mapas da mais prováveis rotas. Concorda, a partir disso, colocar uma forca tarefa, sob o comando de Cassidy e St. James.

Dispõe alguns policiais fardados e a paisana, incluindo os detetives fechando um cerco.

St. James e Cassidy continuam vigiando sobre os telhados orientando possíveis desvios. O Coronel demonstrando ainda um excelente vigor físico, salta pelos telhados, como um felino.

Becos, vielas e todos os acessos por mais obscuros que sejam estão monitorados na esperança de capturar seja quem for ele.

Cassidy e o Coronel são os primeiros a avistá-lo e dão iniciou a uma frenética e feroz perseguição pelo alto.

Num dado momento quando acreditavam que estavam

com sua presa encurralada, retorna de encontro a eles, talvez por não ter mais por onde fugir.

Ofegantes mas determinados, se separam fazendo com que ele siga para a *Bridge Tower*, onde o encurralam.

No seu laboratório, Cathie esta entretida em seus experimentos e relatórios, sente uma dor fortíssima no peito, fazendo com que derrube uma de suas pastas, espalhando papeis pelo chão e desfalecendo.

Alguns alunos do doutor Wright, que costumeiramente passam para cumprimentá-la, ouvem seu grito angustiado e som de coisas caindo a correm em seu auxílio. Um deles chama desesperadamente pela enfermeira Mary que carre o mais rápido possível, assutada.

Seu pai chaga em seguida, com uma equipe médica e esvazia a sala deixando só o pessoal essencial.

Na ponte, Cassidy e St. James estão frente a frente com o vigilante e este esta a poucos passo da beirada da parte mais alta da ponte ainda em construção, que levaria a uma queda mortal ao *Rio Tamisa*.

*Muito bem, meu caro. Acabou. Entregue-se e podemos negociar um acordo. Não somos seus inimigos. Precisa confiar em nós. Chega de perseguições.*

*Somos dois contra um e você não tem saída e você está a um passo de ter o Tamisa como seu túmulo.*

O vigilante fica impávido diante dos dois homens e observa por cima de seu ombro a imensa queda ate o seu destino frio e escuro.

Aos poucos Cassidy avança no campo de visão do vigilante e St. James como seu ala, mas a cada passo que dão, o vigilante fica mais próximo da borda. Então faz o impensável, tira sua máscara revelando sua identidade.

*Meu nome é Janet Melody, isso é tudo que eu sei ou o que fui está em uma pasta lacrada em uma loja em Chinatown. Procure por Madame Yuga. Pode dizer a ela que foi mais do que uma mãe para mim? Por favor.*

Ele leva sua mão direita ate a cintura e tira algo reluzente, despertando a reação de St. James que saca sua pistola e dispara duas vezes contra a moça, fazendo com que despenque desajeitadamente naquela queda mortal.

Cassidy corre para a beirada na vã esperança de talvez ainda conseguir ajudá-la. St. James fica atônito e imóvel.

*O que você fez? Ela não estava armada.*

St. James apenas deixa a arma cair no chão de tábuas e cai de joelhos se odiando por isto.

Cassidy encontra o que causou a reação impensada do Coronel. Uma singela corrente de ouro como um *camafeu*. Ele consegue abrir revelando a fotografia de Cathie de um lado e do outro uma inscrição: *"Para meu verdadeiro amor. M"*

Saem daquele lugar funesto com um sentimento de culpa corroendo suas almas. Alcançam a rua e saem na caça da tal Madame Yuga, ate que, por intermédio de um guarda, informa que Cathie está internada. O policial chama uma viatura que os conduz lépido ate o hospital, não antes de Cassidy deixar St. James encarregado de informar o ocorrido para os policiais.

No saguão, Mary o leva ate o quarto onde ela se encontra. Cassidy encontra o doutor Oliver sentado na cadeira da entrada do quarto, em prantos.

Cassidy tenta ir consolar o amigo, mas Mary o impede.

*Deixa ele. Venha comigo, mas o que vou lhe mostrar vai depender quanto você a estima. Por favor não faça mal juízo dela, eu te peço.*

Cassidy fica espantado pela seriedade que nunca vira nela. É um tipo de face que ele desconhecia. Ela está tremendo de medo. Mary com medo, lhe causa calafrios.

Ela pega uma caderneta de dentro do cofre e abre o cadeado, emitindo um pequeno clique.

*Antes que possa dizer alguma coisa, não estou invadindo sua privacidade. Ela me confiou as chaves caso ela perdesse as dela. Ou era outra coisa, não sei. Veja.*

Abre o diário e entrega para Cassidy, que folheia sem muito interesse. Mas uma coisa em particular chama sua atenção. Uma série de notas nada relacionado com suas pesquisas ou trabalho. Parecem poemas, números aleatórios, palavras sem sentido. Ao investigar mais a fundo uma fotografia cai de dentro.

Mary a pega e não entrega de imediato para o detetive, mostrando um certo arrependimento.

*Era isto que eu queria te mostrar. Por favor, não brigue com a moça. Ela já teve sua carga de tropeços na vida.*

Ele pega a foto e se espanta ao ver que é a mesma garota que pulou da ponte não faz duas horas.

*Eu vi essa moça hoje.. Ela deve estar no fundo do Tâmisa nesse momento, não pudemos fazer nada. Oliver sabe disso? Se não, esconda em outro lugar e não que ele veja isto em hipótese nenhuma, ouviu?*

*Então que ela fique comigo* – diz Mary recolocando a foto no envelope e guardando em sua bolsa, ainda ofegante. - Ela saberá onde me encontrar.

Dias se passam e Cathie vai mostrando sinais de melhora, alternando estado de lucidez e delírios.

Em um desses momentos de consciência, Cassidy fica no quarto acompanhando seu estado. Ela balbucia algo que chama a atenção do detetive.

Acorda assutado pela presença do detetive e sente-se

envergonhada, talvez por ter ouvidos seus sonhos eróticos.

Cassidy aos poucos vai contando o ocorrido naquela madrugada e como a moça teve seu fim.

Cathie cai em prantos, se esquivando do seu olhar, socando o travesseiro.

Mary entra e pede para Cassidy sair e ficar a sós com ela, para tentar acalmá-la.

Ele sai e fecha e Mary espera que fache a porta, para conversar com Cathie.

*Seu pai deseja vê-la. Ele já está quase tendo uma convulsão, pesando que poderia tê-la perdido. Ele não aguentaria. Vamos, aqui. Sente-se e enxugue estas lágrimas se quiser eu trago uma toalha molhada para lavar seu rosto. Por ele, engula esse choro e sorria. Vai fazê-lo feliz.*

Cathie enxuga as lágrimas com a manga de sua camisola auxiliada por Mary deixando seu rosto mais leve.

*Tudo bem, pode deixar ele entrar, já estou melhor.*

Pai e filha trocam olhares por um longo tempo. O doutor pega sem usa mãos e as beija carinhosamente, depois se abraçam se reconciliando, fazendo com que Cathie exiba um largo sorriso, deixando Mary contente. Esta sai lentamente, deixando eles curtindo aquele momento.

Mary estende a mão para Cassidy, se passando por tolo, não entrega o camafeu.

*Deixe a medalha comigo. Vamos eu sei que está com você. E eu já a tinha visto. Sou a única que compartilhou seu segredo. Não me faça ter que pegar a força. Garotas entendem mais desses coisas do que os rapazes.* - mantendo sua mão esticada sem demonstrar que vai arredar.

*Gostaria de vir comigo e saber quem é essa tal de Madame Yuga?*

*Com certeza. Quero saber com quem Cathie estava se envolvendo. Devo isto a ela.*

A dupla anda por barracas através do mercado de produtos de varias origens, produtos indianos, africanos, ingleses franceses e de algumas partes da Europa ocidental, algumas oferecendo terapias com incensos e pedras aquecidas. Pessoas comem ali mesmo em tigelas, outros gritam nomes dos seus produtos em diversas línguas, mas Cassidy esta focado em achar a tal madame.

De repente, encontram uma barraquinha surrada, com uma especie de tenda esburacada, com dois babus tortas quase que pedindo arrego pelo excesso de carga neles. Sentada atrás de umas tabuas encimadas em dois vasos que também já viram dias melhores e cobertos em alguns pontos por um musgo verde e marrom.

*Boa tarde, freguesas, -* diz a senhora com um sotaque cantonês carregado.

*Madame Yuga, suponho?*

*Sim, sim. E quem são vocês?*

*Cassidy O''Brian e esta e minha acompanhante Mary.*

*Ah, sim detetive O''Brian, claro.*

*Como a senhora sabe meu nome?*

*Por que, meu caro, eu sou a mãe de Janet Melody. -* fala sem um pingo do sotaque cantonês, mas com um inglês invejável. - *Se você está aqui é porque minha garotinha não está mais entre nós, não e verdade?*

Cassidy não esboça nenhuma reação, apesar que por dentro esta mortificado.

*Tenho aqui algo para o senhor que ela queria que eu lhe*

*entregasse quando ela morresse.*

Entrega a Cassidy uma pequena caixa de madeira pesada.

*Tudo que ela guardou nestes últimos anos sobre seu passado e o que está acontecendo com esta cidade está aqui dentro. Todos os registros em detalhes que ela lhe dar, detetive.*

*A senhora sabia também que ela se apaixonou por uma amiga minha? E que agora mesmo ela está hospitalizada?*

*Sim, detetive. E eu posso lhe garantir que tudo era verdadeiro. Minha menina era muito solitária. e seus fantasmas lhe deixaram com sua alma enegrecida como carvão. Mas me parece que ela finalmente encontrou uma luz no fim do túnel. Bem, se me dão licença, tenho negócios para tratar.*

Volta a ser aquela mulher ríspida e com falando na sua língua dando algumas ordens, ignorando a presença deles.

*Mary, agora sim estamos com uma bomba nas mãos.*

*E bota grande nisso, o que você pretende fazer com isso?*

*Fazer? Nada eu vou e esconder isto até que seja propício. Vou primeiramente ver seu conteúdo. e depois eu decido.*

Após deixar Mary no hospital, ruma para ao gabinete

do Capitão Walker e encontra St. James. Antes que tome alguma atitude, Walker se coloca entre os dois.

*St. James me contou tudo e roga para que você o perdoe.*

*Eu sei que errei, detetive. Por essa razão. estou aqui, pessoalmente para dizer aos meus amigos que parto em definitivo, de volta para a Africa. Talvez eu, alguns dia, possa encontrar o perdão e a paz para um ato tão repulsivo.*

Cassidy ainda irritadiço, demora para entender as razoes do Coronel.

*Outra guerra, suponho?*

*Não desta vez. É uma missão humanitária. Talvez consiga encontrar o que eu perdi no passado.*

*Então, boa sorte.* - cumprimenta Walker efusivamente e estende sua mão para Cassidy, que não devolve a gentileza.

Sai cabisbaixo e taciturno, parando no final do corredor, leva suas mãos ao rosto e soluça, deixando o local e suas memórias.

O capitão senta-se em sua cadeira, se acomodando e olhando Cassidy com ar de reprovação.

Um silêncio sepulcral toma conta do ambiente,

quebrado apenas por um som da campainha dos telefones do corredor ao lado.

*Lembra-se daquela promoção de que lhe falei a algum tempo atrás?*

*Sim, Lembro. Mas acho que também me lembro de que você também não estava muito disposto a aceitá-la, certo?*

*Verdade. Mas, a luz dos últimos acontecimentos, estava pensando. Não havia nenhuma conspiração, agentes duplos desses de estórias de romances policiais dos livros de espionagem.*

*A proposta do Comissario é legitima. Não só vou aceitar como ainda posso indicar um sucessor. E desta parte particularmente você vai adorar. É tão deliciosamente delicado, que já posso ate ver sua reação.*

*Espero que ele esteja disposto a me aguentar, como você o fez. Quando vou conhecer o novo chefe?*

*Na verdade você o conhece muito bem. Até demais.*

Walker lhe entrega uma folha e lê aquele cabeçalho padrão ate que chaga aonde está o nome do indicado e se espanta, arregalando os olhos, incrédulo.

*Veja bem. É apenas uma indicação. O voto de minerva será do ministro da defesa. Agora, se você aceitar ou não e outra estória. Até*

*la e o nomeio Chefe da Polícia Metropolitana em caráter provisório.*

*Está bom pra você Detetive Cassidy, quero dizer, Capitão O'Brian.*

*Meus parabéns e que Deus nos ajude.*

As semanas atribuladas mas nada que Cassidy não de conta, apenas sente falta de estar nas ruas, mas agora sua responsabilidade é outra.

Em um desse momentos de folga se reúne com seu amigo Doutor Oliver e visita Cathie no hospital e eventualmente em sua casa, repousando muito a seu contragosto.

*Ora vivas, Capitão. Entre. Venha, tem uma pessoa que esta louca para lhe ver.*

De seu quarto pode-se ouvir a voz doce porém debilitada de Cathie.

*Papai, é Cassidy que esta aí?*

*Sim querida, ele veio ver com você está.*

*Então estamos com o novo Capitão da Força, hein? Quanto honra, senhor.*

*Desculpe por não levantar, Capitão.*

*Deixa disso, Cathie. Somente Cassidy para você. Como está?*

*Cada dia melhor, graças a vocês vou sair daqui logo.*

Ela se esforça e o agarra pelo pescoço, quase ficando pendurada.

*Calma, garota. Eu não vou alugar nenhum, só fui promovido.*

*Que novidade maravilhosa. Capitão, hein. Seu danado.*

*Doutor, se o senhor não se incomodar, tenho umas palavras para trocar com Cathie. Vai ser rápido.*

*Claro. Já que ela está em boas mãos, vou ver se não colocaram fogo no hospital.*

Assim que o doutor fecha a porta, o clima fica tenso e Cassidy se senta ao seu lado procurando palavras para dar ama noticia.

*Onde esta Melody, Cassidy?*

Ainda cabisbaixo, tenta não expressar nenhum remorso, mas a garota é muito esperta e entende rápido.

*Sinto muito, ela se jogou da ponte. Eu fiz o que pude, mas eu falhei. Ela deixou isto para você.*

Tira do bolso do paleto o cordão de ouro com o camafeu. Cathie o abre e lagrimas correm pelo seu jovem rosto. Passa os dedos naquela foto com delicadeza.

*Eu também vi a foto que ela enviou para você.*

Cathie se encolhe e se esconde entra as cobertas de vergonha.

*Ela está segura, pode estar certa disso. Ninguém vai encontrá-la.*

*Eu a amava, Cassidy. Você entende?*

*Eu não tive alguém que pudesse dividir um amor tao grande assim. Acho que nunca terei. Minha vida foi só barranco abaixo. Mas você achou o pote no final do arco-íris e só posso dizer sinto muito pela sua perda.*

*Guarde-o para mim. Quando eu me recuperar eu o pego de volta. Está bem?*

*Claro. Ninguém saberá que ele existe.*

Ele a beija na testa e despede-se a tempo de ouvir o som da maçaneta destrancar.

*Meu Deus. Não podem fazer nada sem supervisão. Você esta bem, querida?*

*Estou papai. Só quero descansar um pouco. Mais tarde nos falamos.*

*Claro, meu bem. Vamos dete..., quero dizer Capitão, vamos conversar na sala.*

Após uma animada conversa sobre os velhos tempos e alguns cálices de brandy, Cassidy se despede para voltarem cada qual a sua rotina.

✦

Em seu gabinete, assumindo a cadeira, um envelope timbrado esta sobre sua mesa. Abre e verifica que agora e o comandante em definitivo. Coloca o papel de lado e liga para o despacho.

*Poderia mandar chamar o pintor em minha sala? Obrigado.*

Em meio aos documentos e papéis para assinar, nem nota a figura exuberante de Mary bem na sua frente.

*Minha nossa! Eu não percebi que você estava aí. Faz tempo que está esperando?*

*Não. Meu amor. Cheguei há pouco.*

Conversam com as portas fechadas e a abraça com desejo e a beija.

251

*Você vai deixar o hospital?*

*Por Deus, não! Eu adoro aquele lugar e eu poderia vir aqui nas minhas horas de folga.*

*Sinto muito, querida. Não posso colocá-la na folha de pagamento.*

*Nada disso. Só viria para ajudá-lo a arrumar a papelada mesmo, só para passar mais tempo com você, grandão.*

# Grand Finale

As semanas se passam e Mary se estabelece como secretaria temporária. Cathie retoma suas atividades rotineiras no seu laboratório. Cada vez mais raro, o doutor Oliver visita o agora  Capitão Cassidy, devido sua saúde estar cada vez mais fragilizada e com a idade avançada.

O'Brian torna-se frequentador cada vez mais assíduo do apartamento de Mary, ate que um dia, juntam seus amigos em um jantar para fazer uma declaração.

*Senhores e senhores,* – declara Cassidy em um tom imitando um mestre de cerimonias fanfarrão, tomando Mary pelas mãos. - *tenho o prazer de anunciar que, depois deste tempo de convivência quase marginal, iremos nos casar.*

Não era surpresa para ninguém que isto fosse acontecer, mas naquele momento o rosto de dela estava radiante que apesar de seu sorriso expressivo, não podia conter as lágrimas de felicidade, agradecendo a todos que cumprimentavam o jovem casal efusivamente.

A noite não podia ser mais memorável. A alegria parecia ser contagiante não somente naquela mesa com os velhos amigos, mas se estendia a todo salão que apreciavam com alegria aquela comemoração.

Na alta madrugada, o casal, a porta do estabelecimento, despede-se dos convidados que entram em seus *cabriolés* e adentram na noite fria carregada por uma fina garoa.

De repente, Mary se estremesse sendo acolhida por Cassidy que a envolve com seu fraque a aquecendo.

*Meu Deus, que frio. Eu vou entrar, você vem?*

*Claro. Vamos até a lareira e terminamos a noite perto da lareira e com um brandy.*

*Você é uma caixinha de surpresa, Cassidy.*

Ao chegar perto da entrada seus instintos fazem mudar sua atenção para um poste solitário mal iluminando a rua. Podia jurar que tinha alguém observando-os a algum tempo. Força sua vista para decifrar a figura.

*Você não vem, querido?*

*Só um minutinho, meu amor. Eu só quero fumar um cigarro que o Walker me deu.*

Novamente ele percuta a rua a procura que algo que não se encaixa, temendo que sua mente esteja lhe pregando uma peça. Suas reminiscencias são interrompidas por uma pequena figura ilhada sob o pórtico da vistosa entrada esgueirando-se daquela incomoda garoa.

Sente um calafrio e decididamente não é pelo frio de dezembro, mas de uma sensação de que algo muito ruim esta prestes a acontecer. Já vira este filme antes e o final não foi nada agradável. Não pode em maneira alguma deixar que isto ocorra hoje.

Joga seu cigarro sem nem dar uma tragada e junta-se a Mary que esta sob uma grossa manta de pelagem marrom escuro, apenas seu rosto rosado esta a mostra.

Ela abre uma parte dele e revela a Cassidy que está seminua da cintura para baixo. Cassidy imediatamente desfaz sua gravata a junta-se a sua parceira. Seu rosto iluminado pelo crepitar da chama da lareira, faz com que o brilho de seus olhos se intensifiquem deixando O'Brian ainda mais apaixonado. Ambos se aproximam lentamente e tocam seus lábios ate se envolverem completamente. Solitários naquele ambiente, selam se amor em definitivo.

Tarde da noite, já estando em seu quarto, esgueira-se para mais perto de seu amor. Sua tranquilidade é uma benção que nem de longe cogitava em ter. Perecia que seu destino era de andar solitário e um dia ser pego em uma emboscada e ficar esvaindo em sangue num beco escuro.

Seus pensamentos são abruptamente interrompidos por três batidas fortes na porta, tirando-o daquele torpor.

Cautelosamente, na ponta dos pés pega sua arma e prepara-se para uma invasão.

Próximo a porta espera que quem quer que seja faça seu movimento, apenas tendo o silêncio como resposta.

Lentamente toca na maçaneta, abrindo a porta tão rápido quanto pode, assim surpreendendo-o.

Agacha-se, apoiando contra os batentes, atento mirando o corredor de um lado e do outro.

Não há sinal de nenhuma viva alma, se é que houve

alguém ali. O corredor para a esquerda é longo e termina em numa parede com uma porta do último quarto. Do lado direito fica a escada, quatro portas apenas, teria tempo suficiente para ver algum vulto descendo as escadas, que terminam no amplo salão que sempre tem algum funcionário ou cliente fazendo seu desjejum. Seria alvo de algum tipo de alarido. Mas não apenas o típico som de um estabelecimento normal. Isto deixa Cassidy irritado, só restando a ele voltar para dentro e trancar a porta e o mais importante, voltar para os braços de Mary e esquecer tudo.

Dentro do recinto, ele percebe um envelope manuscrito. Está endereçado para Cathie.

Ele cogita a possibilidade de Melody não ter morrido com os tiros de St. James, nem da queda que seria fatal. Mas as buscas não encontraram nenhum corpo por praticamente todo o *Tâmisa*, nem nas docas e nem nos tuneis dos esgotos. Simplesmente desapareceu. Em seu quarto, nota próximo a porta do lado de dentro, há uma pequena caixa e a abrindo nota que esta repleta de joias, desde anéis, pequenos colares, brincos de todos os tipos, meticulosamente catalogados.

Por dentro da tampa, há uma inscrição manuscrita com as letras trêmulas. *"Para minha filha querida, Janet.".*

Ele fecha cuidadosamente a caixa usando a trava, mergulhando em pensamentos profundos.

*Imagine o que ela poderia fazer com tal fortuna.*

Anos se passam e a vida segue com seus altos e baixos mas tudo coroado com o nascimento da filha de Cassidy.

Cathie agora está graduada e dirige o hospital e cria uma nova disciplina, a de Criminologia Forense.

Walker comprou uma propriedade no interior e está feliz como criador de ovelhas.

O Coronel St. James estava em uma missão humanitária recolhendo e alimentando desabrigados, quando seu acampamento sofreu uma emboscada no meio da noite e ele perdeu a vida. Sobreviventes relatam que o homem mesmo mortalmente ferido serviu de alvo para os terroristas enquanto um grupo fugia do local em segurança.

Antes do fatídico dia, como se previsse o que estaria por vir, ele escreve uma última carta endereçado a Cassidy.

Nela ele agradece pela amizade mesmo que fora por

pouco tempo. Também pede desculpas por esconder seu passado e sempre se lembrara dos bons momentos em que o *comando* se reunia na sala da Sra. Paige como velhos amigos.

Por um infortúnio a carta nunca chegaria ao seu destinatário, pois a agência do correio internacional da região fora saqueado dias depois pelos rebeldes. O que não tinha valor, simplesmente foi colocado em um tambor e queimado.

O Doutor Oliver contraíra um vírus que o deixou extremamente debilitado. Cathie fez tudo que estava ao seu alcance mas a idade e a gravidade da infecção tiraram sua vida.

Dias antes, ele recobra a consciência e olha para sua filha com lágrima nos olhos, passa a mão em seu rosto carinhosamente.

*Cathie querida. Você tem os olhos de sua mãe. Só tenho um pedido para fazer. Faça as pazes com ela. Ela deve estar precisando de você muito agora. Não a deixe sozinha. Eu te peço.*

Alguns dias depois seu corpo não suporta nem as dores nem o tratamento e sucumbe, deixando Cathie inconsolável.

Ela envia diversas cartas para sua mãe mas todas

retornam com endereço não localizado. Ela mesma tenta, em vão, encontrar o endereço. Mas ninguém sabe de seu paradeiro. Sua última esperança e de que alguma clínica local possa esclarecer.

Após uma rápida pesquisa e usando de sua influência, descobre que ela sofria de uma doença mental progressiva e que fizeram de tudo para mantê-la o mais confortável possível.

Cathie sai daquele lugar se culpando por tê-la abandonado, chorando por todo o caminho de volta.

Em seu funeral, amigos e alunos prestam uma última homenagem ao nobre colega, professor e amigo.

Entre os que se destacam, além de sua filha Janet, a ex-enfermeira Mary, o Capitão Cassidy e a filha do doutor Oliver, Catherine.

Próximo de sua aposentadoria, O'Brian e convocado pelo próprio agora Ministro da Defesa, Sir John Phillip III, para ser o novo comissário de polícia da Scotlan Yard, que aceita de efusivamente sempre acompanhado pela sua querida Mary.

Função esta que desempenhou com galardia ate o

último dia. Ainda lhe é dado pela Rainha Vitoria, a medalha do Império Britânico e laureado como **Sir**.

Entre todas as lembranças que começam a se embaralhar em sua mente como um turbilhão, sentindo uma agitação no peito e sente que alguém coloca a mão em seu ombro e diz algo que não consegue compreender. Acorda assustado e suando frio.

*Cuidado papai. O senhor tem que tomar cuidado com esses sustos, não é bom para seu coração.*

Demora para assimilar onde está, e inicialmente vê o rosto de sua amada Mary, mas logo a ilusão se desfaz e pode ver claramente o rosto de sua filha, Janet.

*Você é tão parecida com sua mãe.* - diz passando a mão trêmula em seu rosto.

*E a personalidade do pai.* - diz Janet com um sorriso franco.

Ajudando a se levantar de sua poltrona. Apoiando-se no andador vão juntos a limousine que já os aguarda.

*Eu não posso ir assim.*

*Tudo bem, papai. O senhor pode se trocar em sala que eu já reservei. Seu* smoking *estará lá.*

*O que seria de mim sem você, minha querida?*

*O senhor é muito perspicaz, Comissário.*

Entre os convidados, ele imagina como seria bom rever seus velhos amigos ali presentes. Ele imagina o Doutor Oliver, o Coronel St. James, Richard e Janet Melody.

Ele se mantêm sempre altivo o possível aguentando toda aquela pompa.

Ao final, cansado e desejoso de retornar para o silêncio e conforto de seu lar, pede auxílio de sua filha.

*Querida, pode me ajudar a sentar? Esse velho corpo não aguenta muito tempo de pé. Peça desculpa aos convidados.*

*Tem certeza que está bem, papai? O senhor parece um pouco pálido. Tem um médico aqui. Vou chamá-lo, não demoro.*

*Que alarde é esse todo? Só me dê um copo de água e ficarei melhor. Pode voltar para o salão. Quanto exagero, só estou cansado.*

Janet sai em busca do médico da corte, e Cassidy tem um vislumbre quase real de todos seus amigos em volta dele o saudando. Está em êxtase em rever todos eles. Sua felicidade e tamanha que uma onda de uma luz branca cálida e quente o envolve fazendo o sentir como tivesse novamente vinte anos. Sente o vigor tomar conta dele mais uma vez. Levanta-se sem dificuldades pondo-se de pé prontamente.

Dentre eles sai a figura pequena de Melody com um conjunto azul, luvas brancas delicadas e uma boina também branca com uma pequena joia cravejada de pedras que reluzam a cada movimento seu. Suas feições estão tão leves e tão joviais e seu sorriso e tão lindo que nem parece aquela que era amargurada e traumatizada.

Uma coisa lhe chama a atenção. Melody aponta para a cadeira onde estava sentado ate pouco tempo. Ele observa seu corpo idoso largado e com a cabeça pendendo para o lado com uma expressão relaxada o que o faz se sentir feliz.

Vê também uma agitação e alguém tentando conter sua filha sem sucesso. Ela se agarra ao seu corpo moribundo, desatando em lagrimas. Alguém tenta consolá-la, mas percebem que é inútil.

Sua ultima visão que tem de si, é em um cortejo fúnebre sob uma chuva torrencial. Um céu particularmente escuro marca o fim de uma vida dedicada ao combate do crime e principalmente a viver sempre do melhor jeito.

⛫

Dias se passam e Janet ainda sob luto, recebe a visita de um representante de um escritório de advocacia muito conceituado.

*Srta. Janet Cassivelanus, suponho?*

*Sim, e o sr. quem é?*

*Desculpe-me.* - faz uma mesura formal. - *William Evans, represento o Escritório de Patentes e Escrituras. A srta. deve comparecer ao nosso escritório para participar da leitura de um testamento.*

Ele lhe entrega seu cartão e faz uma discreta reverência e se retira, deixando uma Janet com uma pulga atrás da orelha.

Ainda atordoada com as com os últimos acontecimentos, ela anota o compromisso em sua agenda.

Na data marcada, um misto de incredulidade e ansiedade tomam conta dela, ruma mesmo assim ao encontro marcado.

264

No escritório tem mais perguntas do que respostas, a deixando cada vez mais desconfiada se tudo aquilo for um engodo.

*Bom dia, Srta. Melody. Primeiramente, minhas condolências. Agora, com todo respeito, tratemos de algumas formalidades.*

*Devo dar-lhe os parabéns. Seu pai lhe deixou uma pequena fortuna. Muito bem, aqui estão os papéis que a senhorita deve assinar da posse de um armazém na área portuária. As chaves de acesso de um cofre de segurança no Banco de Londres, tudo isso livre de obrigações com o tesouro. E sem questionamentos.*

*Com licença* – Janet interrompe abismada com tanta gentileza aumentando suas suspeitas de um golpe. - *mas que é esse benfeitor? Posso ao menos saber o nome dele?*

*Mas é claro, senhorita. Inclusive é uma das cláusulas informar a favorecida o nome do agente. Vem da parte de Sir Phillip III. Conhece ele?*

Janet fica tomada por um espanto que a congela imediatamente.

*A senhorita está passando bem? Quer um copo de água?*

*Oh, claro. Eu estou bem, obrigado. Não. Não o conheci. Ele já tinha falecido quando eu nasci. Meu pai contava boas estórias dele e do Doutor Oliver e como tinha uma estreita amizade.*

*Bom então se não se opuser, podemos ver a sua caixa de segurança agora mesmo.*

*Sim, claro. Vamos acabar logo com isto.*

Dentro de uma sala particular, o gerente traz uma caixa grande e retangular, feita de aço bem pesada. Coloca sobre uma mesinha.

*Se a senhorita precisar de algo mais, há uma pessoa do lado de fora que poderá lhe ajudar. Tenha um bom dia.*

Assim que ele a deixa, ela abre a caixa e revela seu conteúdo. Dentro há uma imensidão de recortes de jornal de época em que ele estava na ativa sobre Melody e suas aventuras pela Londres. No fundo da caixa, há um grande envelope pardo com um sinete protegendo o seu conteúdo. Ela o quebra e dentro há uma carta para ela, escrita por seu pai quando ela era ainda uma criança.

O teor do bilhete a estarrece e revela que realmente entre as investigações do *Comando,* (ele próprio, o Capitão Walker, o Doutor Oliver, o Coronel St. James e Richard

Convoy) descobriram que Melody não estava agindo por ímpeto vingativo apenas, ela estava tentando achar uma linha que ligasse o assassinato brutal de seus pais e consequentemente a perda de quase toda sua fortuna, para um grupo que estava infiltrado em postos chaves do governo e além.

O fato era que ela se esquivasse da Scotland Yard, inicialmente era ser uma vigilante, não confiando em ninguém. Mas algo mudou quando topou com o Detetive Cassidy. Mas não teve tempo para concluir suas investigações, deixando um vasto material para ele escondido.

Querida, Janet.

Eu sei que não vou durar muito tempo e que não posso mover uma palha sem levantar suspeitas e sem expor você.

Tudo que você vai precisar esta neste endereço e no anexo desta carta, as chaves de um lugar que você deve usar. Faça a coisa certa e tome muito cuidado.

Com amor de seu pai e amigo, Cassidy.

Por um instante, ela fica em transe, apenas segurando a carta. Logo percebe que agora tem os meios necessários para esta empreitada. Será uma luta titânica, mas com os espíritos de seu pai a guiando e de Melody com sua coragem, sairá vitoriosa.

O galpão fica realmente em uma região distante de tudo remota o suficiente para não ser incomodada.

Pegando as chaves, abre a porta e adentra em um ambiente empoeirado e envolto em uma penumbra.

Tateando ela encontra a chave geral que acende parcialmente o local.

Todas as coisas de seu pai estão ali, inclusive a motocicleta que ele adorava e sempre dizia que a tinha vendido.

*Que grande mentiroso é o senhor. Ela estava aqui o tempo todo.*

Anda mais um pouco e encontra um local separado com inúmeros arquivos com centenas de pastas todas meticulosamente catalogada. No canto da sala um imenso cofre forte bem desgastado aguarda pacientemente que alguém decifre seu interior.

Janet confere as chaves, tentando uma após a outra ate

encontra a correspondente.

Abrindo-o facilmente, não pode acreditar em seu conteúdo. São joia da mais fina coleção devidamente identificadas. Caixas com todo tipo de pedras preciosas sem conta. Encontra outro envelope mas desta vez não demora e o abre rapidamente.

A letra não é de seu pai. Está mais para uma de uma mulher. Seu conteúdo e carregado de emoção, em alguns pontos manchada pelo que parece ser sangue. A letra vai ficando cada vez mais trêmula até que para assinar seu nome, traduz em um esforço hercúleo. A caneta parece que escorrega de sua mão e deixa um traço medonho.

Janet a dobra e coloca no seu peito como um abraço que nunca deu.

Ela a lê novamente apenas a dedicatória.

**"Para minha filha querida, Janet Cassivelanus Melody.".**